U0894837

許植椿詩詞校注

（清）许植椿◇著
邱玉超◇校注

辽宁人民出版社

图书在版编目（CIP）数据

许植椿诗词校注 /（清）许植椿著；邸玉超校注 . — 沈阳：辽宁人民出版社，2022.6
ISBN 978-7-205-10438-2

Ⅰ . ①许… Ⅱ . ①许… ②邸… Ⅲ . ①古典诗歌—作品集—中国—清代 Ⅳ . ① I22.749

中国版本图书馆 CIP 数据核字（2022）第 069056 号

出版发行：辽宁人民出版社
地址：沈阳市和平区十一纬路 25 号　邮编：110003
电话：024-23284321（邮　购）　024-23284324（发行部）
传真：024-23284191（发行部）　024-23284304（办公室）
http：//www.lnpph.com.cn
印　　刷：辽宁新华印务有限公司
幅面尺寸：145mm × 210mm
印　　张：6.75
插　　页：8
字　　数：112 千字
出版时间：2022 年 6 月第 1 版
印刷时间：2022 年 6 月第 1 次印刷
责任编辑：贾　勇
封面设计：白　咏
版式设计：一诺设计
责任校对：冯　莹
书　　号：ISBN 978-7-205-10438-2

定　　价：68.00 元

《许植椿诗词校注》整理人员在举人故居前留影，
从左至右：纪跃华、倪华杰、邸玉超、许宏夫、许宏勋、孙超

许植椿故居全貌

三道沟村鸟瞰

自唐人以九州四海之人同科目者謂之同年於是注題名之籍有登科之記其曰齒錄者則叙其家世閥閲又備及其歲年而凡夫仕宦於中外其姓氏祿位亦備書焉策名記載誌不忘也道光甲辰直省行鄉試余亦舉是科歲丁未入詞館及咸豐初東南多故乃歸任兵事遂以詞臣驅馳於江淮吳皖間羣盜以次削平同治戊辰

一

《道光甲辰恩科直省同年录》（李鸿章序）

復督師山東剿賊殄滅秋七月展
覲來京師同歲生官中朝者萃酌酒相慰
勞乃問舊錄已殘缺不全因出金屬張午
橋太史綴拾捘輯付諸梓夫仕隱窮達後
先出處不必同而所以不負科名則無不
同學問事功詞章經濟不必同而所以不
慚記載則無不同惟流傳各有可紀皆是
並不以齒之少長論也回憶登進之初尚

《道光甲辰恩科直省同年录》（李鸿章序）

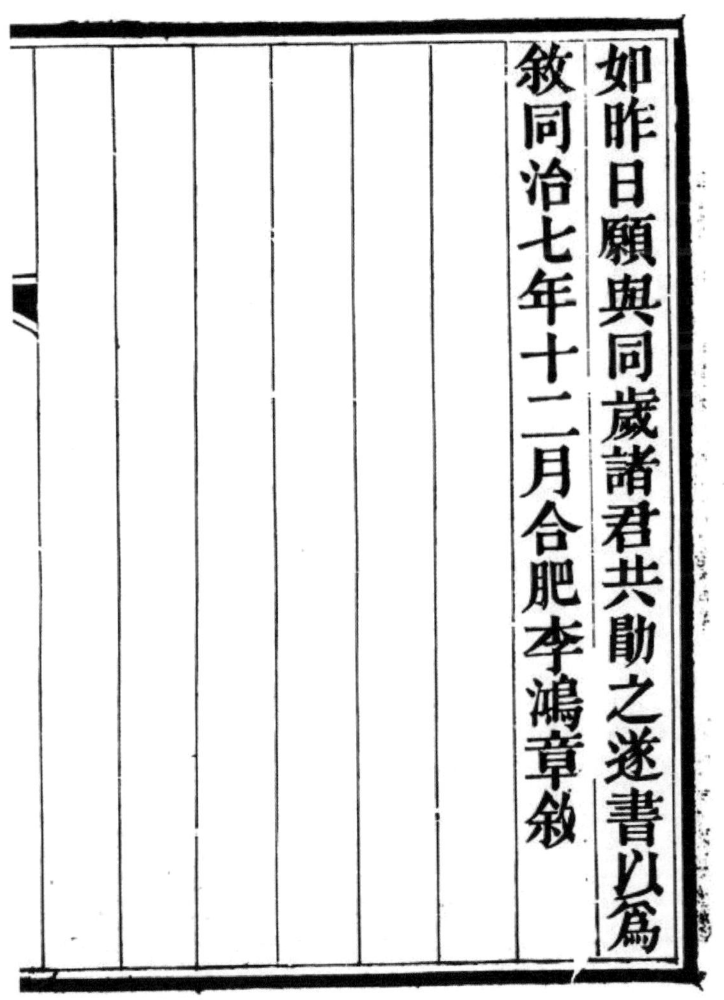
如昨日願與同歲諸君共勖之遂書以爲
敘同治七年十二月合肥李鴻章敘

《道光甲辰恩科直省同年录》（李鸿章序）

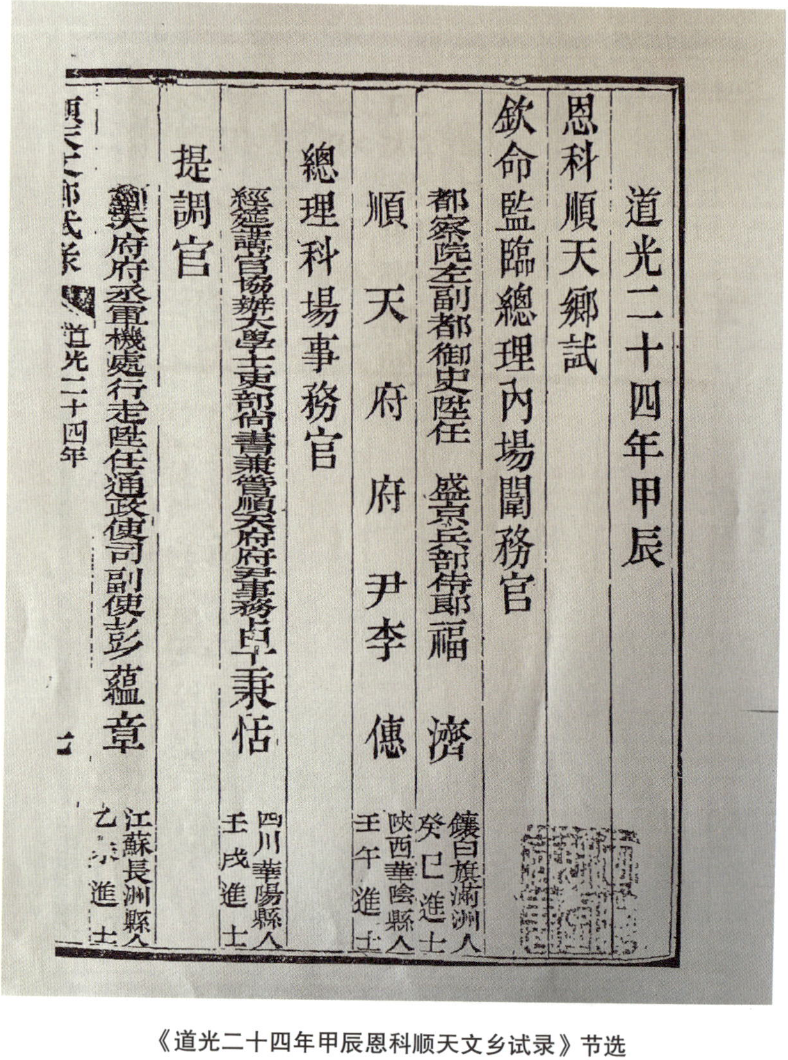

道光二十四年甲辰

恩科順天鄉試

欽命監臨總理內場闈務官

都察院左副都御史陞任盛京兵部侍郎福濟 鑲白旗滿洲人 癸巳進士

順天府府尹李僡 陝西華陰縣人 壬午進士

總理科場事務官

經筵講官協辦大學士吏部尚書兼管順天府府尹事務卓秉恬 四川華陽縣人 壬戌進士

提調官

順天府府丞軍機處行走陞任通政使司副使彭蘊章 江蘇長洲縣人 乙未進士

《道光二十四年甲辰恩科顺天文乡试录》节选

第八十名　尹滙瀛　年三十四歲山東泰安府肥城縣拔貢生

第八十一名　史保悠　年二十六歲順天府宛平縣監生

第八十二名　楊書香　年三十六歲直隸冀州武邑縣廩膳生

第八十三名　紀暘　年三十七歲順天府文安縣廩膳生

第八十四名　李鴻章　年二十一歲江南廬州府合肥縣優貢生

第八十五名　瑞明　年三十二歲正白旗蒙古海福佐領下附貢生

第八十六名　馬際清　年二十八歲直隸永平府灤州府學附學生

第八十七名　鍾齡　年三十三歲廂黃旗漢軍站柱佐領下附學生

第八十八名　張旅田　年四十九歲順天府大興縣歲貢生

《道光二十四年甲辰恩科顺天文乡试录》节选

第二百五十四名　王福綏　年三十六歲奉天府遼陽州州學增廣生

第二百五十五名　陳廷華　年二十四歲直隸保定府清苑縣附學生

第二百五十六名　吳師祁　年二十七歲江南江寧府上元縣附監生

第二百五十七名　劉兆登　年三十五歲直隸承德府豐寧縣附學生

第二百五十八名　李載文　年二十四歲順天府通州廩膳生

第二百五十九名　廷元　年二十三歲正白旗滿洲魁華佐領下拔貢生

第二百六十名　蒯賀蓀　年三十六歲順天府大興縣廩膳生

第二百六十一名　洪中和　年三十六歲奉天錦州府錦縣附學生

第二百六十二名　許植椿　年二十六歲直隸承德府朝陽縣附學生

《道光二十四年甲辰恩科顺天文乡试录》节选

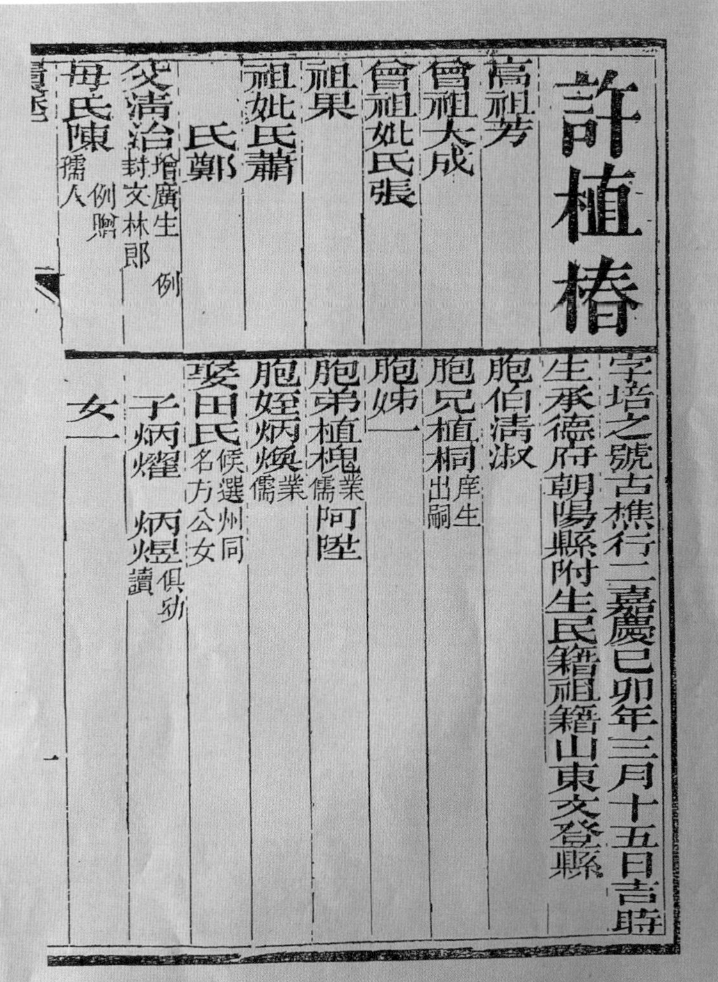

許植椿

字培之號古樵行二嘉慶己卯年三月十五日吉時生承德府朝陽縣附生民籍祖籍山東文登縣

高祖芳

曾祖大成

曾祖妣氏張

祖果

祖妣氏蕭

氏鄭

父清治 增廣生 例封文林郎 例

母氏陳 例贈孺人

胞伯清淑

胞兄植桐 庠生 出嗣

胞姊一

胞弟植槐 業儒 阿陞

胞姪炳煥 業儒

娶田氏 候選州同名方公女

子炳燿 炳煜 俱幼讀

女一

许植椿履历

履歷

前順天提
督學政

鄉試中式第三百三十名

正大光明殿覆試

欽取二等第　名

會試中式第　名

殿試第　甲第　名

欽點

族繁不及備載

居縣西八十里三道溝

许植椿履历

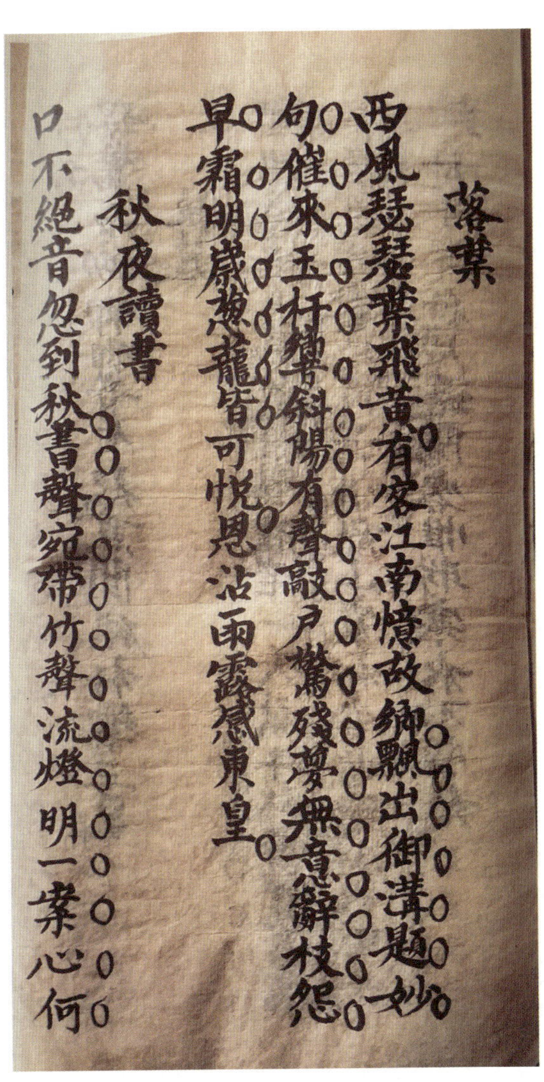
落葉

西風瑟瑟葉飛黃有客江南憶故鄉飄出御溝題妙
句催來玉杵響斜陽有聲敲戶驚殘夢無意辭枝怨
早霜明歲葱蘢皆可悅恩沾雨露感東皇

秋夜讀書

口不絕音忽到秋書聲宛帶竹聲流燈明一案心何

《许植椿诗选》抄本书影

月幾點雲先流火星夜裏風來頻撼竹窗前燈暗亂
飛螢一年容易新涼到欲賞良宵倚畫屏

道中寄内

馬跡東塵近日忙東征此去路茫茫平梁回首人千
里邊塞關心淚數行明月窺殘遊子夢雞聲啼斷旅
人腸行來不是遊春客白髮思親意正長

《许植椿诗选》抄本书影

初秋

寒砧尚未響斜陽大火西流律在商一影飄來桐葉
落幾枝攀去桂花香蟬鳴樹頂金風曳月轉盤中玉
露涼月送飛鴻千里外前宵暑退白雲鄉

秋郊

洒盡烟嵐雨氣殘詩人玩景正盤桓雪鋪岸角蘆花

《许植椿诗选》抄本书影

綠

春日閒吟

春陰三月記年年
濃抹雲光淡掃烟
雨又不寒風又
暖養花天是賣花天
芳草堤邊緣湄杏花艷艷柳垂垂
榆錢買得青山笑
我問青山欲笑誰
滿地胭脂落軟紅
勸君且莫駡東風
穠繁閱盡終歸

《许植椿诗选》抄本书影

序一

隋志超

红叶委地，霜重板桥，秋色渐远，寒意日近……北国满目萧疏。朔风透窗，昏灯荧荧，一叠古诗稿在案，古意书香隐隐袭来，惹人展拂追思。

这便是辽西先贤许植椿的遗诗。由于百多年来兵燹不断、匪盗频仍，诗稿多有散佚，现仅存百有五十余篇。

先贤许植椿先生字培之，号古樵。清嘉庆二十四年（1819）生于今辽宁省朝阳县西五家子乡三道沟村，卒于同治八年（1869）。道光二十四年（1844），许植椿参加甲辰恩科顺天府乡试，得中第二百三十二名举人。

塞外辽西，原为苦寒之地，人烟稀少。经元代战乱，更是倾城流离。康熙年间朝阳之地“榛莽遍地虎狼横行”。后陆续迁入山东、河北、山西等地流民，啼饥号寒，文脉式微。而许植椿虽身居乡野，绳床土锉清苦自甘，仍以一己之力耕读文田，如薪下星火、树底细泉，为辽西寂寥大地滋生丝缕春风！

许植椿中举后无意仕途，躬耕乡野。清廷名噪天下的重臣李鸿章、李鸿藻、李鹤年等均为其同榜同年举人，后来成为咸丰皇帝帝师的杜受田亦为其座师（主考官）。以当年习俗，一封同年自荐书递上去，便会换来顶戴花翎封妻荫子，但许植椿却安于泥屋土灶青灯黄卷，“万卷古今消永日，一窗昏晓送流年”。

先贤许植椿遗诗，多为清道光二十年（1840）前后所作。诗中既有山水田园四时风光，更有怀古幽情思乡感怀。在《白门闲居有感》（之二）中，许植椿写道：“枉尺纷纷更枉寻，直躬最是不宜今。光分青白看人眼，愁判炎凉阅世心。得志英雄隆准剑，赏音知遇伯牙琴。大鹏本具垂天翼，反惹鸴鸠笑不禁。”身居蓬蒿，心旷四野……这是何等的心怀不平，苍凉天下！他在《吊李广》中写道：“马嘶紫塞弓开月，虎卧蓝田箭破云。百战无功激愤语，几人有泪泣劳筋？”历史如烟，沙海埋金，许植椿不得不仰天长叹：“雪花飞去菊花开，赏雪看花酒数杯。隐逸何时无傲骨，任他霜雪一齐来。”（《秋日塞上雪中赏菊》）这哪里是写雪中菊花，其实是写自己浩然千里的心胸骨气！辽西千山万壑如莽莽沧海，所有生灵不过如这海中一粟，本微不足道。但不可否认，就是这微不足道的一粟之中，也必定有高下贵贱之分！“端端凉风大野道，雁声催老一天秋。千林黄叶萧萧下，万里白云片片浮。酒熟山家初赏菊，鲈肥水国正归舟。十年征戍辽阳客，惟盼寒衣不胜愁。”（《秋暮》）“碧云天，黄花地，西风紧，北雁南飞”（王实甫《西厢记·端正好》）……秋高赏菊，鲈鱼肥美，正是人们享受人生的大好时光。可是，许植椿眺望北方，秋风萧瑟，他心中一紧，想到的是寒冬将至，霜雪漫天，北国十年征戍的将士们可能正愁寒衣！“位卑未敢忘忧国”，诚哉斯言。

辽西大地，几经兴废，文脉孱弱，但幸未中断！这有赖于代代文人雅士不辍努力，更有赖于大贤乡儒抱薪添火。而今，欣逢盛世，文化自信立为国策之一，我辈更应开源寻根，不忘前人。

再录先贤许植椿《登高》一首以为结语：“满头插菊

动清风，寻径归时逢牧童。童子无知来问我，登高到了何山中？”

先贤许植椿先生后人收集整理许植椿遗诗拟整理刊印出版，嘱我为序，战战兢兢几次推托，深怕有玷先贤盛名。但最终还是忐忑领命，见笑于诸方家了！

二〇二一年十月二十三日

序二

孙　超

搜求往圣佚文，古来不乏其人，且多有探珠之喜。近来朝阳文坛传扬一盛事，文学馆发现一部前清举人线装手抄诗稿（以下简称抄本），保存完好，历历可观。未几，馆长邸玉超将书稿影印成集，赠我一册，并述及所以。闻其言观其书，不禁欣欣然。

与玉超兄既为同事，又是藏书好友，每有收获，则奇品共赏。两年前玉超任职作协主席，遂将此发扬光大，创立文学馆。其始也，广搜旧书信息，倾资以购，规模粗具，为省内外所资鉴。曾邀我作文学馆前言，又相谋易址，终成大观。然虽有同道踵继加盟，地方文学史籍藏品犹嫌稀少。此部抄本，堪称目前最有价值者。

旧时文人限于历史条件，其作品付之梨枣者鲜矣。文名著于乡里者，多有转抄，否则仅存自编自录的一二孤本，而这些文本至今犹百无一二。我曾应约整理地方民国文人诗作，发现散失严重。如沈鸣诗，其大部分作品在当时就因抄家之故惨遭焚毁。亦有因“文化大革命”焚毁者、后人弃失者，不一而足。此抄本，渡尽劫波，流传至今，于朝阳县全国楹联名家倪烈忱先生遗物中，惊鸿现世，实属难得。因此，玉超兄宝其价值，影印之余，今又费尽心力，详加考据，以利观瞻，传之后世，洵乃得其宜也。

一、诗人生平撮要

许植椿，字培之，号古樵，生于嘉庆乙卯（1819）三月十五日，卒于同治八年（1869）五月二十三日。今朝阳县西五家子乡三道沟人。许氏籍贯山东文登县，乃朝阳早期移民。曾祖父大成，至祖果家境渐为殷实，延师课读，文脉初兴。父清治，字质民，号五峰，生于乾隆五十三年（1788）正月十六日，卒于咸丰二年（1852）十二月二十三日。生植桐、植椿、植槐、植棠四子。清治曾跻身增广生员，例封文林郎。诸子少小文章熏染，诗文附骥，一时父子竞学，家声渐隆。有秀才许植桐和举人许植椿成就功名。

道光二十四年（1844），许植椿以直隶承德府朝阳县附生身份，赴北京参加道光甲辰恩科乡试。当年全国各省正榜人数1254人，副榜238人，许植椿金榜题名，列顺天府举人239人中第232位，为本科朝阳地区唯一一位上榜人士。

清代科举由秀才、举人、进士而升堂入室。秀才生员又分为廪生、增生、附生，廪生可获政府膳食供给。欲入举人、进士之阶，还须参加省级乡试、会试。乡试于秋季举行，故又称秋试或秋闱，会试在春季，亦称春闱。朝阳所在的直隶承德府士子乡试地点为京城顺天，即内城东南隅的贡院。

据《道光甲辰恩科直省同年录》，许植椿所在的顺天考场彼时考官三人：左都御史续任协办大学士杜受田、刑部右侍郎续任山东巡抚张沣中、内阁学士续任工部右侍郎罗文俊，其人数多于其他省份均为两名主副考官的额度，职级也高，且“四书”诗题三、赋得命题诗一，均由“钦命”。此缘于顺天考区考生人数、定额众多，直隶大省、京畿之地文风之盛。“钦命”考题分别为：

“文献不足故也足则吾能征之矣”；

“悠久所以成物也”；

“王说曰诗云他人有心予忖度之夫子之谓也夫我乃行之反而求之不得吾心夫子言之于我心有戚戚焉”；

“赋得言去其辩得诚字五言八韵”。

以上诸题分别出自《论语》《中庸》《孟子》以及魏晋人应贞《晋武帝华林园集诗》。此一榜人物荟萃，佳构纷出，武水人李说严撰《直省乡墨清醇》点评。同榜李鸿章在试后三十年出资发起辑录名录，迨至光绪三年（1877）始成，其时许举人已故去九年矣。

许植椿中举后并未步入仕途，优游诗书课业以及医术，终此一生。许氏与一山之隔的山咀子孙氏家族交往颇深，许氏作为双重姻亲，晚年对孙氏人才的培养有莫大之功。其中，孙宝珊，行三，参加同治十二年（1873）癸酉科顺天乡试，中式二十五名举人，时年二十岁。在其履历填写的十余位授业师中许举人列第二位，云：“许古樵夫子，讳植椿，道光甲辰恩科顺天举人。”据传举人病故后，孙氏倾资财宴客三天，并以“八珍”之一烤乳猪成席。许氏后人延续文脉仁术，重孙辈许钟令也中秀才，余者各代读书学医，不辍家学。今存古院落一处，旗杆座石一对，洛阳牡丹一丛。其旧址，于近年荣登中国传统村落名录。

二、举人诗作赏析

许举人遗作唯有百五十余首诗词，内容多叙写生活、铺陈情感，目之所及，文心独具，妙笔生花。其寓情于景，取譬自如，尽显一代传统雅士应有的性情恬适、才情恣肆之风神。

“口不绝音忽到秋，书声宛带竹声流”（《秋夜读书》），呈现了求学者青灯黄卷、忘形物我之苦；“终日优游无个事，看花常把小栏凭”（《书斋偶成》），写出了诗人课余之暇，观风赏景之乐。一苦一乐，一张一弛，体现了诗人芸窗斗室况味。许氏兄弟深居乡村，耕读为业，孜孜以图，其执卷吟哦，凭栏寄傲，乃为诗人本事。故诗集中多有作者俯拾家乡常见景物，援笔成句，尽抒家山爱意。间或访友、聚会、郊游，所闻所感，亦可从中了见情愫。而其他咏史言志之属，亦未尝不吐露出旧时文人所共有的襟抱与格局。

在诸多作品中，田园山水诗类堪称擅场。《赠杨处士山村》（二）有云“高风寄托在田园”，言人言己。其中于花木题材着墨较多，但不落俗套，拈词设句每于古风盎然中翻出新意。“花到秋深清又洁，人心何必爱浓妆”（《咏白菊》）、“秋雨秋风杨柳津，叶疏枝秃不如春。劝君莫忘长亭外，曾折千条赠故人”（《秋柳》），看花非花，写树非树，以诗人之笔，逞讽诵之能。其二十首“凤凰山”组诗，空灵隽永，笔力脱俗，字字珠玑，堪称其代表作品。而“千年石洞号朝阳，因起山名是凤凰”“两个山公驮水去，随他石径上峰头”等句，为解读朝阳凤凰山历史提供了考据资料。笔者曾以《佛山诗笔两相宜》为题专文述之。

古有试帖诗一体，系科考内容，其肇兴于唐代，迨至清朝对其限制尤严。许植椿正当其时。约略梳理，此类诗有七八首，诗题均有出处，韵脚用句中字。如诗题《买丝绣作平原君》，出自唐李贺的《浩歌》：“买丝绣作平原君，有酒惟浇赵州土”；首句“岂少佳公子，平原更慕殷”破题，用韵为含“春”的平水韵“上平十一真”韵。《一枝红杏出墙来·得红字五言八韵》即为标准范式之一。

本科举人应试的钦命“四书”诗题中，最后一题“赋得言去其辩得诚字五言八韵”即为此类，句出《晋武帝华林园集诗》。如第二名的应试诗《赋得言去其辩得诚字五言八韵》的前两句“言自枢机懔，诗传吉甫赓。修辞严去辩，居业贵存诚”，前一句破题，枢机，《易·系辞上》曰：“言行，君子之枢机。”吉甫，指周宣王贤臣尹吉甫。第二句承题，进一步解读“言去其辩”诗题。该诗为第二名周寿昌的应试诗，采用仄起平收格式，为平水韵“下平八庚”韵，雅切得体。

在戴言先生所著的《朝阳文学史》中，对许诗题材曾有概述：“绝对不涉及时事、政治，大部分是山水草木、四时风光，少部分是途中见闻、怀乡和闺怨。”乃是有的放矢。但据实而言，人事即时政。诗集部分作品，如“欲把清砧阶上试，薄衣难耐五更寒”（《夜坐》）、“骨彻凉风心却热，望郎不到几徘徊”（《消寒》）之类，并非仅为闺怨，亦有借他人杯酒浇自己胸中块垒之意。“大鹏本具垂天翼，反惹鸴鸠笑不禁”（《白门闲居有感》之二），此当为内外因引发诗人的思绪不平。诗题以“白门”自命，道出了作者的自谦与自励心理。

许植椿历清嘉庆、道光、咸丰、同治四帝，在世五十一载，虽无宦迹可寻，其功名文章也应震动乡梓。翻阅1930年版《朝阳县志》，惜无诗人作品，仅有其兄许植桐一诗被录入，这也是许植桐（许植椿之胞兄）唯一一首存世作品。该诗颔联为“塔矗危岩红日近，佛眠古洞白云埋”，20世纪90年代，时任中国楹联学会会长马萧萧先生将其书丹并刻挂于凤凰山朝阳洞。

三、诗中信息检讨

许氏抄本并无序跋和注释之语，对了解诗人背景有一定困难。然诗乃心声，从作品述及诗人行止踪迹中，仍可捕捉许多历史信息。略略统计，有以下几点。

（一）部分诗作时间。其中有两首诗作有迹可查。其一，《丁未秋客邑中，重阳日无有作，登高会者，感而有作》，丁未年，结合作者出生年份（1819），应为清道光丁未年(1847)。作者时年29岁。

其二，诗题《闰八月十五玩月》（二首）。闰年、闰月乃历法现象，闰年一般每两三年一闰，十九年七闰。闰月特指农历每逢闰年增加的一个月。查阅年历，出现闰八月的年份，其相应的时间为1718年、1851年、1862年。以许氏生卒年（1819—1869）来看，1851年、1862年皆有可能，即作者时年33岁或44岁。

（二）作品排序问题。依据《丁未秋客邑中，重阳日无有作，登高会者，感而有作》和《闰八月十五玩月》两首诗的创作时间，以及在诗集中的排列次序可知，此抄本中的作品乃以创作时间之先后，依次排列。

（三）作者曾考进士而不第。诗稿开篇第一首诗即为《出古北口》，古北口古为交通要道，位于今北京密云，以此为标志，从北京向北出长城，咸称口外。《出古北口》诗后数首内容均为秋景，因此当为参加乡试（秋闱）所作，即道光甲辰（1844）之秋。作者时年26岁。

在抄本终篇部分有一首《过古北口见长城见感十二韵》，亦为进京之行。由于诗人已考取举人，诗集中又无访京城之诗，且上几首均为春景内容，故推断此行当为赴京参加会试（春闱）之举。

（四）诗集时间跨度。以诗集顺序，诗人26岁第一次参加顺天秋试作《出古北口》，29岁作《丁未秋客邑中，重阳日无有作，登高会者，感而有作》，继之作《闰八月十五玩月》，推断时年33岁或44岁，但结合诗的前后关联，当为33岁。而《过古北口见长城见感十二韵》为应会试时所作，以每三年一次的考试规律，诗人在29、32、35岁的年纪均有可能，结合诗作的延续，35岁为宜。诗集时间跨度应为10年左右。《朝阳文学史》称许诗“时间跨度不大，大部分作于1840年后”，事实上所有作品的创作时间，均在诗人中举的1844年以后。

（五）作者赋诗纪事。典雅工切、平和冲淡的诗风贯穿许诗始终，从中见仁见智见性。然有一首诗却异常突兀，语带机锋，这便是《鸠与鹊争巢》。此七言四首组诗一唱三叹，用词旨趣亦迥异他诗：“树梢日日费经营，恨我一生室未成。绿柳林边来拙鸟，几回驱逐几回争。”“鹊之佳名上界标，也从天上架仙桥。于今再奋填桥力，斗到斜阳恨未消。”

（六）抄本封面文字及抄者存疑。抄本为宣纸竖行书写，封面居中署“许植椿诗选”，左上角犹书“十美不存”，此者或有区处。“十美”出自清初张潮辑《虞初新志》。宸濠请六如（唐伯虎）作“十美图”献上，惜六宫只“觅得九人”，作“九美图”。宸濠以为“十美欠一，殊属缺陷”，故又“举一人以充其数”。基于此，庶几可窥手抄者之寄意，其一是此本非全本，且全本已“不存”；其二抄者非作者许植椿本人，至于抄本内部天头出现的校对字体，与正文有异，当另有他人为之；其三抄本掺入他人作品，或有他用。

玉超兄在对抄本整理拍照时，发现其一折页少掉一面。另《朝阳文学史》有一首《白门闲居有感》(之二)，并不在抄本内，亦未发现“之一”。或可说明此抄本愈加“十美不存”了。

四、流行版本甄别

许植椿作为朝阳县史上25名举人之一，其诗迨至近年陆续面世。1983年1月，朝阳县政协、《朝阳县志》编委办编辑出版《朝阳历代诗词歌赋》，此为许植椿诗作披露于世之第一遭。其前言有“在征集文史资料工作过程中，发现一批汉唐以来有关本县的诗词歌赋”云云。笔者以为，此“发现”之举，当在民国前后。其中此书录许诗四题十七首。1991年潘英喜出版《朝阳历代诗词选》，录许诗三题九首，均在《朝阳历代诗词歌赋》之列。

1993年出版的《朝阳文学史》，引许诗多首。笔者存有戴老复印件，曾出示给邸老师参校，除页码次序不同，内容、字体等与抄本全无二致。戴本次序不同乃因装订时所乱，同时所引诗句多有舛误。由此观之，戴本、邸本，均源自一本，即倪氏家藏抄本。唯《朝阳历代诗词歌赋》本出处不详。

然与邸兄讨论中，发现多有疑者。

其一，抄本中杂入他人作品，计有文奎诗三首、许凤林诗一首。均为诗前同一笔体署名。文奎，据今人所云乃陕西人，清末游学到朝阳。许凤林为诗人之侄。文奎三首诗据诗题均作于北京至朝阳途中，或为初来朝阳，或顺天乡试之作。许凤林诗为试帖诗。以上四诗之作者应无争议。

可疑者，抄本中犹有十一首诗词，曾署在他人名下。1930年版《朝阳县志》录林奎翰《游凤凰山四首》中，有两首出自抄本。“木鱼敲破半空烟，一片经声古洞前。到此已教天路近，可能昂首会群仙”（林诗）与“木鱼敲破半空烟，一片梵音古洞前。到此始知天路近，云霄回首谢群仙”（抄本诗）虽有数字之异，但就其意境而言，不可同日而语。另一首依然。林生卒年及履历不详，1930年版《朝阳县志》卷二十“选举”载“林奎翰 岁贡”。另，其曾做过清光绪二十年（1894）甲午科举人胡家钰的授业师：“星垣林夫子，林奎翰，朝阳县廪生。”（《清光绪二十年甲午科顺天乡试同年齿录》）《朝阳历代诗词歌赋》称“林奎翰，朝阳县南林家洼人，清岁贡”。

其后的《朝阳历代诗词歌赋》中，将抄本中三首词署名文奎；《朝阳历代诗词选》沿用《朝阳历代诗词歌赋》，更将《朝邑怀古四时竹枝词》八首亦署名文奎，不知所据。至若《古韵今风吟凤凰》等所引许诗，一仍诸版本其旧。

五、注文释意启幽思

古来诗易作，解读犹难。况时移世易，语言环境多有演变，校勘之任，难得愉快。好在玉超兄乃国家一级作家，由诗入文坛，多有积淀，考据注释驾轻就熟。他在注释“一年一度一登高，仲伯联吟逸兴豪。今日家山临眺处，吾兄彤管自挥毫”一诗时，云：

伯仲：古时常用的排序，多用于兄弟排行。伯仲叔季或孟仲叔季，伯是老大，仲是老二。后“叔”不常用，也常把“季”放在第三位。根据《许门谱书》，许植椿兄弟四人，胞兄许植桐，弟许植椿、许植槐、许植棠。诗中“吾兄”指许植桐，甚有诗才。《朝阳文学史》等称许植桐为许植椿之胞弟。

此处非唯详细解读“伯仲”之意，还参照《许门谱书》加以佐证，同时指谬《朝阳文学史》，并附入许植桐之诗，可见注释者之用功。

注释《过凤凰岭》，尤有见地，不妨照录：

戴言所著《朝阳文学史》中《过凤凰岭》为许植椿作。末句是“不知何乡是故乡”。《古诗新墨凤凰山——书法作品集》中此诗作者为文奎。此书法作品集之所以选录《过凤凰岭》，乃认为此诗是写朝阳凤凰山。实际上，这首诗写的肯定不是朝阳市的凤凰山，因为如果作者登凤凰山游览，绝不能用《过凤凰岭》作题，一般来讲，只有岭才可以“过”；《许植椿诗选》抄本中，《过凤凰岭》之后就是《过祥云岭》，可见这是作者同时游历且赋诗的地方。朝阳市附近只有平泉县七沟镇境内有这两道岭。

此可谓一注解四疑：一是尾句之失；二是作者之异；三是地名之辨；四是“过”字之论。继之详考掌故，以证非平泉凤凰岭而不能胜任。此者，倘非腹有诗书、放开眼界，势必人云亦云、以讹传讹。其不苟同、不盲从的严谨治学精神，时见于字里行间。需补充的是，就诗中“高冈回首天涯望，不识何乡是故乡”一句已证其非。《朝阳文学史》的末句不可采信。“不知”的“知”字为平声，而此音步须为仄声，许诗“识”字为入声字，仄声，合律。文奎诗词作品，就20世纪80年代以来的出版物来看，不包括此首。

许氏深谙传统诗词用韵用典之道，故作品遣词造句，工稳典雅，每有用意。《四时竹枝词》《冬日吊古》之“彤云密布朔风吹”句，抄本作“彤云密布朔风催”，而戴老作“彤云密布朔风吹”，一字之差，面目皆非。观诗中韵脚“梅”“回”可知，作者用平水韵“上平十灰”韵，“催”在此韵中，而“吹”则属“上平四支”韵，二者不能混用。此外《游凤凰山》第一首中，抄本中的尾句为“细询檀越住何乡”，其他如“细问檀越住何乡”“细问檀越住何方”，“问”字当平而仄，皆误。尾字“方”，依平仄看，无妨，且与“房”“香”同在“下平七阳”韵部。尽管如此，终有不忠实原著之嫌。

这里需补充说明的是，诗集中多有题秋诗，常出现“砧杵”(《秋虫》)、“清砧”(《夜坐》)等，此为古人常用典故。“砧”指捣衣垫在下面的砧板鈇，“鈇”“夫”谐音，因以作思夫隐语。“衣再捣”(《悲秋》)等，亦属此类。又，《秋夜》中有“井”“桐”字样。抄本“井畔风吹枫桐叶落”，多出一字，当取“桐”字。古人以井桐作吟秋的常用熟典，如“金井梧桐秋叶黄”(唐代王昌龄《长信秋词五首》)，“井桐叶落池荷尽”(宋代欧阳修《宿云梦馆》)，“井梧飞叶送秋声”(宋代裘万顷《早作》)。其他如“怅望大刀头”(《悔教夫婿觅封侯》)，《汉书·李陵传》记载，汉武帝时李陵败降匈奴，昭帝即位，遣陵故人任立政等三人至匈奴招陵。单于置酒赐汉使者，立政等见陵，未得私语，即目视陵，而数数自循其刀环，握其足，阴谕之，言可还归汉也。刀环在刀之头，后即以“大刀头”作“还”字的隐语。

朝阳自两汉以降，代为重镇，其城池辐辏、人文鼎盛，冠绝北方。有明一代辟为牧场，清朝开边，置厅设府，重开尧舜气象。据1930年版《朝阳县志》，从嘉庆至光绪百余年间，朝阳县科试中举人者25人，另有武举2人，列热河一域前茅。许氏一门三士，许植椿为朝阳第六位中举者，洵称硕学鸿儒。今时代新启，古籍重现，是以玉超馆长念兹在兹，将此遗编复制校勘，复得辽宁人民出版社鼎助，广加播布。此举也，非唯发古文人幽光、补文学馆空白，其绳继文脉、美誉家山、砥砺同学，亦有莫大之功。

珠排玉耸起峰峦，重镇千年锷未残。时代又开新气象，搜来麟角振文坛。感念于此，从其请，襄其志，以为序也。

二〇二一年十一月一日改定

序三

许宏勋

小时候，长辈们常常提起我的七世太祖许植椿中举的往事，爸爸也常常读起举人进京赶考诗“风吹猛雨洒飞尘，湿透征袍冷透身。自笑不如田舍叟，倚门扶杖看行人”，勉励我们要好好读书、长大有出息。这是我记忆中祖上留给我们的唯一一首家传诗。

由于年代久远和岁月的侵蚀，有关祖上的文字信息早已随着历史的风烟散佚。我小时候就曾目睹家中一摞摞线装卷帙被拿去焚毁，其中的一本本黄卷书中密密麻麻的“红圈圈”“黑杠杠”也许都是太祖当年挑着青灯苦读过的痕迹。后来举人的旗杆座仅剩下残基，举人的“文魁”匾亦不知去向。

（一）

近年来，各级政府把古村落作为重要的物质文化遗产加以保护和开发，留住历史，留住了乡愁。举人故居得以修复，御赐牡丹又吸引了省内外游人的目光。

1983年，朝阳县政协等部门联合出版的《朝阳历代诗词歌赋》选录了许植椿诗词四题十七首，这是诗人作品第一次与世人见面。捧读祖上《朝邑怀古四时竹枝词》，仿佛看见水流花谢，野外莺声，龙山猎火，凌水渔灯的远古画卷，让人浮想联翩，仿佛进入一个日丽天蓝，鱼肥虾美，野火横郊，古道无人的原始境界。我也从书中第一次知道了祖上是“道光甲辰科举人”（应为道光甲辰恩科顺天举人）。

1993年，戴言所著《朝阳文学史》一书出版，书中选编了许植椿多首诗词。戴老生前耗费巨大心血占用较长篇幅注释和推介了祖上诗词作品，并且对许诗的文学艺术价值给予了极高的评价。通过此书，我第一次知道了举人的具体生卒年月。

2018年，朝阳县倪华杰先生整理其父遗物时意外发现了一卷清代《许植椿诗选》手抄本，收录诗词一百五十余首。手抄本复制品被朝阳文学馆收藏。这是祖上诗词最集中的一次发现。诗词中多有描写朝阳凤凰山和大凌河等家乡的山川地貌，也有进京赶考、江南游学等途中见闻，还有怀乡幽思和吟咏历史的诗词若干首。这些诗词对于了解和研究诗人所处年代的相关历史都具有重要的史料价值。祖上诗词情调清新，风尚纤丽，词句琢炼，气象高古。尤其《游凤凰山》二十首组诗辞工韵美，隽永雅致，古香古色，空灵静谧，堪称诗人的代表作。读之如身临其境，别具韵味。

（二）

欣赏诗人作品，不能囿于诗词本身，一定要与诗人所处的时代及诗人的生活境况相联系。随着祖上诗词更多地面世，我迫切地想知道那个年代祖上的生活状态和中举前前后后的所有信息。近年来，我查阅了大量清史资料，阅读了许多与祖上同时期重要人物李鸿章、曾国藩等人的传记和相关典籍。特别是了解到李鸿章是祖上同年顺天举人，为寻找祖上信息找到了方向。我曾查阅1930年版《朝阳县志》一函六册，遗憾的是从头到尾只有“许植椿道光□□科举人”八个字的间断记载。我曾在孔夫子旧书网上淘到了一卷堪称“文物级”古书的1844年清刻线装本《直省乡墨清醇》(武水李说言评选)。轻轻地打开这卷历经一百七十余年沧桑岁月的黄卷古书，拭去浮尘，犹如透过历史风烟，看到了祖上中举那年的全部“四书”诗题和优秀试卷点评。我还搜集到了与祖上同龄的赤峰举人赵玉丰和郭璧的中举信息，从他们当年进京赶考在古北口留下的诗作中想象祖上在京应试的情景。我还搜寻了祖上顺天同年华翼纶、李鸿藻等多部举人硃卷，了解祖上顺天乡试的相关信息。之后，我又去北京国家图书馆、北京大学图书馆、中国第一历史档案馆、上海图书馆等处查遍了清代四百二十册近万名举人硃卷。2019年，我在网上阅读了内蒙古大学李俊义博士的学位论文《晚清热河地区举人进士研究》。我从上述史料和专著中发现了祖上中举的诸多重要线索。2021年10月，在热心人的帮助下，我得到了美国哥伦比亚大学中文图书馆的网址，查到了祖上中举的全部信息，包括当年全国各省录取的一千二百五十四名举人和二百三十八名副榜的全部信息。这是1864年由祖上的同年发起，1868年由李鸿章出资并作序，祖上同年孟传金作跋，历时十三年，于祖上中举三十三年后的1877年刻印付梓的《道光甲辰恩科直省同年录》，一函四册，共六百二十二页。此时祖上已经去世九年。我又根据上述同年录中的相关信息，在北京国家图书馆的《道光二十四年顺天文乡试录》中找到了祖上最原始的举人齿录。这些珍贵的历史史料相互印证，互为补充，形成了祖上中举时较为完整的历史记录，真可谓粲然大备。

（三）

根据上述史料，我们可以粗略地了解诗人当年在顺天参加乡试的盛况。据《道光二十四年顺天文乡试录》记载，诗人在1844年农历八月初赴京准备乡试。这次乡试规模空前，早已准备好的近两万个号房迎接了来自直隶各府的一万六千九百二十名秀才入住。考生必须在考试日前一天入住号房。每位应试者将在这个只有1.16平方米的单间号房里完成三场六宿九天的苦思冥想。朝廷为三年一次的乡试做了充分准备，各路大员包括外帘监试官、东西砖门稽察场务官、稽察外场巡墙官、考试官（兼阅卷官）、内帘监试官、同考官（兼阅卷官）、督理稽察左翼、督理稽察右翼、内收掌官、外收掌官，还有印卷官悉数到场。第一场考试于八月初九进行。考试内容为钦命“四书”诗题，即文三诗一；八月十二日为第二场，试题为“五经”文各一，以《易》《书》《诗》《春秋》《礼记》为序；八月十五日为第三场，试题为策论（策问）五道。古称“三场体格”。经过二十一名阅卷官一个多月的阅审工作，共录取举人二百三十九名，副榜四十三名。此一榜可谓文人荟萃，佳构纷呈。既有后来成为清朝重臣的李鸿章、李鸿藻、李鹤年同榜，又有光彩夺目的第一名（会元），时年二十六岁的顺天府永清县附生刘国彦；既有大器晚成的时年五十有二的直隶保定府安州贡生陈论，又有脱颖而出的时年十七岁的少年江南苏州府吴江县监生杨庆麟。一代帝师杜受田作为主考官成为此一榜举人的终身座师。直隶承德府共有三人榜上有名，承德府丰宁县附生刘兆登为第二百二十七名举人，时年三十二岁；承德府滦平县附生张毓森为第二百三十八名举人，时年四十一岁；承德府朝阳县附生许植椿为第二百三十二名举人，时年二十六岁。许植椿中举在当年的朝阳地区影响极大，这是朝阳从道光十九年到咸丰十一年的二十年间唯一的中举者（内蒙古大学李俊义博士《晚清热河地区举人进士研究》和《道光甲辰恩科直省同年录》)。复试在第二年春季举行。根据张宏杰著《曾国藩传》，清道光二十三年（1843），朝廷定制“各省新中举人，于会试年二月初十日前全行到京，取具同乡京官识认印结送部，听候复试”。所谓复试，实际上就是对上一年录取工作的再认定。当年的复试题为“无处而馈之是货也焉有君子而可以货取乎”，此为文一；“赋得满山寒叶雨声来得秋字五言八韵”，此为诗一(《李鸿藻珠卷》)。诗人复试成绩为“正大光明殿钦取二等”（名次不详）(《道光二十四年顺天文乡试录》)。清顺治九年（1652），清廷给考试定了“六种黜陟法”：“文理平通者列为一等，文理亦通者列为二等，文理略通者列为三等，文理有疵者列为四等，文理荒谬者列为五等，文理不通者列为六等。”一二三等为合格。即举人资格已经验证通过，并允许参加会试（会试成绩不详）。有关这次复试会试的过程，在赤峰举人赵玉丰相关诗句中可窥见一斑：“九陛云濛濛，阊阖启宫殿。金阙列宝鼎，玉阶沉漏箭。巍巍大秩宗，济济仙曹掾。稽册对红灯，叫名递黄卷。多士色勃如，鞠躬入鱼贯。跪读钦命题，纵横列群彦……”

（四）

通过将这些史料与相关文献进行对照考辨，对进一步了解诗人当年所处的时代背景，丰富其生平履历，完善《许门谱书》，纠正近年来流行版本中的错误记录以及1930年版《朝阳县志》关于举人的记载（“许植椿道光□□科举人”应为“道光甲辰恩科顺天乡试中式第二百三十二名举人”），避免以讹传讹具有重要意义。上述史料不仅记录了当年乡试的考场考官考题，而且对举人身份、姓氏字号、出生年月、属地籍贯、家族（家庭）成员、历代宗亲等均有详细记载。同时资料中还有诗人中举前的授业师、庭训师、课师、受知师等师承关系的清晰记录。通过上述史料还能发现，诗人是以附生身份参加科举。中举后被例授为文林郎候选县正堂，可以免除徭役和使用用人。其父许清治（1788—1852），字质民，号五峰，增广生员（秀才），被例封为文林郎；其生母陈氏被赠封为孺人；继母刘氏被例封为孺人；胞兄许植桐为庠生（秀才）。可谓功成名就、光宗耀祖了。资料中还显示，其丈人田方公为候任州同。可见，本书孙超先生的“序二”和本书校注者邸玉超先生的“跋”中“一门三士，堪称一方望族”的表述得到了佐证。

（五）

上述史料，对读者欣赏诗人作品特别是赴京赶考往返途中创作的诗词作品会有很大帮助。如书中与此相关的诗词就有五首之多。“车马劳劳欲远征，亲朋祖饯不胜情。回头已觉山千叠，才是离家第一程。”（《宫营子》）这是诗人赴京乡试途经今喀左县公营子时所作（“祖饯”在那个年代是一项十分重要的活动，一般秀才进京赶考前都要举行隆重的“祖饯”仪式，拜谒祖先后，再摆席二十桌答谢前来饯行的亲朋好友和乡绅富甲）。“两山相向处，关隘镇崖中。水凿龙门险，城开鸟道通。残砖消夜雨，败石坠秋风。锁钥严重郭，人家住半空。”（《过古北口见长城有感十二韵》）这正是诗人去京赶考途中路过古北口办理进关手续停留两天后所作。“南北之分在一墙，往来行客费周章。可能尽削旧基址，免得千秋骂始皇。”（《出古北口》）这是乡试回来路过古北口办理出关手续饱尝往来周章之苦后所作（明清以前，古北口一直是军事要塞，有“京师锁钥”之称，除官员和军事人员外，普通百姓不允许自由往来。当时进京赶考的举子，要经过两三天严格的手续验证和审批才能通过，可见，诗人在这里赏景赋诗也实属无奈)。“弹汁染衣春柳绿，催花及第暖风香。高冈回首天涯望，不识何乡是故乡。”(《过凤凰岭》)和“一峰花影烟霞活，万壑松涛风雨闻。忽又暮钟空际响，老僧定是晚香焚。”(《过祥云岭》)根据诗意当属诗人中举后第二年即1845年二月初十之前赴京参加复试会试时路过上述两地所作。“记得山阴客，梅花雪里探。雨声催巷北，春信报江南。地胜千林艳，膏流十里酣。烟云归路好，消息昨朝谙。”[《杏花春雨江南》(一)]和“杏花开及第，春色占江南。翠滴烟千树，红飞雨一庵。六朝留景艳，十里布霖甘。小巷谁家卖，深楼昨夜谙。”[《杏花春雨江南》(二)]此二首，当为诗人参加复试和会试后“公车南下”游历南京时所作。而《落叶》《秋夜读书》《秋虫》《秋夜》《雨夜长溪痕》《麦浪》等也是诗人在江南所作，但与《杏花春雨江南》不是同时期作品。另外《午眠》《寻春》中出现的“婢”字当与清时秀才举人等成就功名者在免除徭役的同时可以雇用奴婢的史料相吻合。

昨日，我公出自北京乘高铁返回，中途恰好路过古北口，望着窗外连绵起伏的山峦，由不得我凝望和深思，“复兴号”便风驰电掣般呼啸而过。当年举子们乘着马车风雨兼程赴京赶考的情形，再一次浮现在我的脑海中。如今交通日益发达，不要说关内关外，就是天南地北都早已没有了关隘，假如祖上生在这个时代，将不再会有“往来行客费周章”的抱怨，那是不是也就少了上述赶考往来路上留下的精彩诗篇呢？

诗词是中华传统文化的瑰宝。为了祖上诗词作品的公开出版，许多专业人士都作出了艰苦的努力。朝阳市作协主席一级作家邸玉超先生不辞辛劳，利用四个月时间对诗选进行了首次整理校注。《咬文嚼字》审校专家王中原先生对全部诗稿认真筛查，对有争议的词句解难释疑，还把近年来所有版本在流传中的错字与抄本进行一一对照并予以纠正，保证了诗词的原貌，提高了校注质量。著名作家隋志超先生和楹联专家孙超先生百忙之中为本书作序，对诗人和诗作给以评价和定位，为《许植椿诗词校注》的出版助阵，增添了本书的厚重感。

作为许氏后人，我原本只想为出版做些幕后工作，不想在书中留下片言只字。可同村人丛培生贤弟建议我在书中要留下些许时代痕迹。丛多年在京都行走，属业界大咖，见多识广，听从他的建议该不会有错。作为举人后代，吾辈有责任为传承弘扬历史文化遗产，竭尽所能。我把迄今为止所能收集到的史料，原原本本分享出来，对出版之事“诚不能无小补云”（语出清孟传金《道光甲辰恩科直省同年录》跋）。

二〇二一年末书于朝阳桐椿阁

校注说明

一、本书校注诗词来源于倪华杰家藏抄本《许植椿诗选》，抄本中文奎和许凤林二人的四首诗略去，并将 1993 年戴言著《朝阳文学史》中许植椿诗作《白门闲居有感》（之二）和许氏家传诗一首《进京赶考途中遇雨所作》并入该书校注。

二、注释中凡称“抄本”，均指倪华杰家藏《许植椿诗选》抄本；凡称“抄者”皆指《许植椿诗选》抄本抄写者。

三、本书校注将抄本繁体字、竖排版、无句读的书写形式，一律改为简化字、横排版加标点。

四、本书校注将本着“存其貌、理其文、献其疑、探其真”的原则进行，即将抄本中明显的误笔造成的错字在诗中改之；许诗在诸版本中流传的错字正之；抄本中的可疑字留之（或在原诗中予以保留，或在注释中得以体现）；古籍中混用的字注之；相似的字探之；抄本中的漏字空之；抄本中使用的异体字、古体字，亦按现今国家有关规定规范之。

五、对诗词的注释，重点注释人物、典故、地名以及对理解诗意有帮助的字词，文字力求简明，另外对部分生僻字加注汉语拼音。

六、注释中凡引用前人观点，多注明出处；凡引自字典、词典及编注者个人的理解，一般不注明。

七、抄本没有注释，为便于读者阅读和欣赏，校注本增加了“目录”“序言”“许植椿传略”和“跋”。

许植椿传略

许植椿，字培之，号古樵，清嘉庆二十四年（1819）三月十五口出生于今辽宁省朝阳县西五家子乡三道沟村，卒于同治八年（1869）五月二十三日。许植椿聪颖笃学，颇喜读书，道光二十四年（1844）甲辰恩科顺天乡试中式第二百三十二名举人。其胞兄许植桐亦考取秀才。

许植椿祖籍山东登州府文登县许家庄八棱井。清乾隆年间，许氏兄弟三人自山东登州府文登县许家庄八棱井迁至承德府朝阳县，分别落户于今朝阳县西五家子三道沟村、朝阳县北沟门哈吧海沟村和北票市榆树底村。居住在今西五家子乡三道沟村的许氏家族，祖父许果育有两子，长子许清淑，次子许清治。许清治字质民，号五峰，生于乾隆五十三年（1788）正月十六日，卒于咸丰二年（1852）十二月二十三日，增广生员（秀才），例封文林郎。许清治育有四子，长子许植桐、次子许植椿、三子许植槐、四子许植棠。许家在其时乃耕读之家，非常注重教育和文化，一门三学士，当称一方望族。许植椿中举后享七品之遇，候缺未仕。与其胞兄热衷于诗词、医学、书画，专注于当地文化教育，兴办私塾。闲时登高远游，交友赋诗。一生赋诗逾千首，大多散佚，有《许植椿诗选》（民国抄本）一百五十余首传世。

许植椿历清嘉庆、道光、咸丰、同治四帝，在世五十一载，名动乡里，诗传四方。《许植椿诗选》内容多写山水田园、四时咏物、行旅游历、述志抒怀，还有部分闺怨、咏史之作。特别是书写凤凰山、大凌河、朝阳城、公营子等朝阳地域的诸多诗篇，尤受读者喜爱。许诗在一定程度上反映了当时人们的生活状态、社会现实、风土人情和山川地貌，对研究朝阳清代历史和文学具有重要价值。许诗风格清新俊逸，典雅恬适，气象高古。许植椿作为清代朝阳籍优秀诗人代表之一，在朝阳文学史、文化史乃至辽宁文学史上占有举足轻重的地位。

目　录

出古北口[①]

南北之分在一墙[②]，往来行客费周章[③]。

可能尽削旧基址，免得千秋骂始皇。

【注释】

①出古北口：古北口为长城的重要关口，位于北京市密云区境内，与河北省滦平县相邻。古北口长城是中国长城段落中最完整的段落体系。由北齐长城和明长城共同组成，包括卧虎山、蟠龙山、金山岭和司马台四个城段。古北口是山海关、居庸关两关之间的长城要塞，自古为东北和内蒙古通往中原地区的咽喉，历来是兵家必争之地，素有“燕京门户”“京师锁钥”之称。出古北口，是北京向北出长城，咸称出口外。此诗当为诗人从

北京返回出古北口时所作。

②一墙：指长城。

③周章：周折，不顺利。

咏白菊[①]

（一）

吟诗酌酒赏重阳[②]，白菊东篱[③]也傲霜。
花到秋深清又洁，人心何必爱浓妆[④]。

【注释】

①白菊：属菊科，多年生宿根花卉。又名甘菊、杭菊、杭白菊、茶菊、药菊等。民间泛指白颜色的菊花。

②重阳：农历的九月初九是重阳节。

③东篱：语出东晋陶渊明《饮酒》：“采菊东篱下，悠然见南山。”因此“东篱”指种菊花的地方，亦指文人

的小院。

④浓妆：艳丽的装饰。

（二）

一年一度菊花栽，爱菊谈诗亦快哉[1]。

寿客[2]于今头白了，陶家[3]愿对老人开。

【注释】

①快哉：形容词，用于表达某人在完成一件事情后的愉悦心情。

②寿客：指菊花。宋姚宽《西溪丛语》卷上："牡丹为贵客，梅为清客，兰为幽客……菊为寿客，木芙蓉为醉客。"

③陶家：指东晋诗人陶潜。唐司空图《杨柳枝》："陶家五柳簇衡门，还有高情爱此君。"

咏胭脂牡丹菊[1]

菊色从来不染尘，红英[2]紫艳更精神。

朱门[3]多少青年女，一瓣拈来可占唇。

【注释】

①胭脂牡丹菊：“牡丹菊”原抄本为“壮丹菊”，应为抄者误笔。胭脂，一种用于化妆和国画的红色颜料，亦泛指鲜艳的红色。胭脂是由一种名叫“红蓝”的花朵，放在石钵中反复杵捣，淘去黄汁后，做成的红色染料。胭脂牡丹菊，菊花的一种。

②红英：红花。南唐李煜《采桑子》：“亭前春逐红英尽，舞态徘徊。”宋秦观《满庭芳·晓色云开》：“古台芳榭，飞燕蹴红英。”

③朱门：古代王侯贵族的府第大门都漆成红色，以示尊贵。后泛指富贵人家。唐杜甫《自京赴奉先县咏怀五百字》：“朱门酒肉臭，路有冻死骨。”

秋柳

秋雨秋风杨柳津[1]，叶疏枝秃不如春。
劝君莫忘长亭[2]外，曾折千条赠故人。

【注释】

①杨柳津：津，渡水的地方。津、长亭、杨柳、美酒等字词在古人送别诗词中经常出现，已经被赋予了特定的含义，是送别诗词中最具代表性和象征性的文字意象。

②长亭：古代驿站路上约隔十里设一长亭，五里设一

短亭，供路人休息或亲友在此送别。后引申为旅程遥远。唐李白《菩萨蛮》：“平林漠漠烟如织，寒山一带伤心碧。暝色入高楼，有人楼上愁。　玉阶空伫立，宿鸟归飞急。何处是归程？长亭更短亭。”

游凤凰山[①]补咏十二首

（一）

一棹[②]撑开绿水烟，往来士女[③]大河边。
老翁真个风流甚，背负佳人下小船[④]。

【注释】

①凤凰山：古称龙山、和龙山，清初改名凤凰山，位于今辽宁省朝阳市城区东部四公里处。大凌河从山脚下流过。最高峰海拔 660 米。山上原有始建于前燕时期的

东北历史上第一座佛教寺院——龙翔佛寺（现不存），有始建于北魏的摩崖佛龛，有始建于辽代的天庆寺、卧佛古洞、降香十八盘、摩云塔和大宝塔，有始建于清代的延寿寺、云接寺、倒坐观音洞、卧佛古洞等古迹遗存，系东北佛教名山。

②棹（zhào）：划船的一种工具，形状和桨差不多。

③士女：旧指男女或未婚男女。《楚辞·招魂》："吴歈蔡讴，奏大吕些；士女杂坐，乱而不分些。"1993年，戴言所著《朝阳文学史》收录此诗："一棹撑开绿水烟，往来兵士大河边。老翁真个风流甚，背负佳人下小船。"辽宁人民出版社2014年版《古诗新墨凤凰山——书法作品集》录此诗，亦作"兵士"。根据诗意，"士女"更为确切。

④背负佳人下小船：抄本作"背负佳人下小般"，"般"当为"船"之误。今改。

（二）

驻马[①]听泉又赏秋，泉声淅沥响峰头。
此泉若是出山去，可惜清流入浊流。

【注释】

①驻马：使马停下不走。此谓停下马欣赏秋景。

（三）

大雄殿外系花骢[①]，四面苍松一涧风。
来到此间清净处，心中不觉万缘空[②]。

【注释】

①花骢：骢（cōng），青白杂毛的马。花骢即五花马。唐杜甫《骢马行》："邓公马癖人共知，初得花骢大宛种。"

②万缘空：万缘，指一切因缘。空，佛教用来表述"非有""非存在"的一个基本概念。

（四）

酌[①]残美酒夕阳红，缓步逍遥绿树中。

本是风流年少子[②]，也扶藜杖[③]作诗翁。

【注释】

①酌：饮酒。唐李白《月下独酌》："花间一壶酒，独酌无相亲。"

②本是风流年少子：抄本作"本是风流多少子"，"多"当为"年"之误。

③藜杖：用藜的老茎做的手杖，质轻而坚实。

（五）

云接寺[1]前歇磬声[2]，山腰塔影暮天晴。

行踪少驻茶须饮，一阵清风两腋生。

【注释】

①云接寺：俗称中寺，位于凤凰山主峰东坡一条平坦的山脊地段，周围地势险峻，景色优美壮观，常有云雾缭绕，岚气蒸腾，故名云接寺。云接寺有殿堂 8 座，占地 1500 平方米，建筑面积 742 平方米，始建于清雍正十三年（1735）。云接寺塔坐落在云接寺内，因山上、山下均有寺塔，此塔又称为中寺塔。云接寺部分建筑及塔现存，系省级重点文物保护单位。

②歇磬声：歇，本义是休息，延伸为停止、中止的意思。磬，佛寺中使用的一种钵状物，用铜铁铸成或石制成，既可用作念经时的打击乐器，亦可敲响集合寺众。

（六）

门外回头别老僧，僧楼绝顶欲同登。

吾人联臂[①]须乘兴，要上青云第一层。

【注释】

①联臂：即互相挽臂，比喻相偕。出自唐黄滔《放榜日》：“郄诜联臂升天路，宣圣飞章奏日华。”清曹寅亦有《归舟和培山见答韵》：“重结联臂游，犹顾惜泥泞。”

（七）

木鱼敲破半空烟，一片梵音[①]古洞[②]前。

到此始知天路近，云霄回首谢群仙。

【注释】

①梵音：指佛音。

②古洞：指凤凰山卧佛古洞，又名朝阳洞，位于凤凰山主峰的华严寺下方。原卧佛殿毁于20世纪60年代，现存铁铸古钟一座。古钟铭文曰："辽东锦州府城西北古柳城大凌河南凤凰山朝阳洞，古宝刹虽不能似古昔之庄严，亦可续源流之因果。善信会首张弘江发心叩化十方，善男信女同发虔诚，铸金钟壹口，重四百斤余。康熙十一年五月吉日造。"1992年重雕卧佛，长达3.2米，为辽西最大卧佛。洞上壁题有"卧佛古洞""蓬莱仙境"古石刻。又有民国年间朝阳县长周铁铮的一首石刻诗："佛之洞天，我之守土。惟佛与我，长此终古。"洞两侧壁上刻有当代楹联家、书法家马萧萧书丹的许植桐诗句："塔矗危岩红日近，佛眠古洞白云埋。"这一诗句出自许植桐《游凤凰山》，全诗为："游人乘马出香街，渡过凌河上石崖。塔矗危岩红日近，佛眠古洞白云埋。逢僧说法情难舍，与客联吟韵恰谐。钟响数声归路晚，再将月色赏茅斋。"1930年版《朝阳县志·艺文二》收录此诗。

（八）

诸峰指点翠微[①]中，石上棋枰[②]塔影东。

残局虽留人已杳[③]，古今胜负总成空。

【注释】

①翠微：青翠的山色，形容山光水色青翠缥缈。

②棋枰：棋盘，棋局。唐司空图《丁巳元日》：“移居荒药圃，耗志在棋枰。”

③杳：无影无踪，消失。

（九）

峰头款款动归情，旧径重寻又晚晴。

更为游人添逸兴，山禽迭唱两三声。

（十）

呼童秉烛暂停杯，高倚僧楼睡味来。
树作屏风云作帐，扶持[①]清梦到天台[②]。

【注释】

①扶持：支持；帮助。

②天台：指神话中的仙境。

（十一）

钟响一声晓梦惊，蝉鸣雀噪助吟情。
新诗歌罢闲题壁，留与他人仔细评。

（十二）

反辔[1]从容古渡[2]头，一篙烟雨一溪秋。

而今乘得长风去，万里催开破浪舟。

【注释】

①反辔：辔（pèi），驾驭牲口用的嚼子和缰绳，借指马。反辔，犹回马。

②古渡：指凤凰山下大凌河古渡口。

登高

（一）

万重山外万重山，山远苍冥万里环。
眼界才穷天地阔，回头峰顶夕阳殷。

（二）

满头插菊动清风，寻径归时逢牧童。
童子无知来问我，登高到了何山中。

丁未[1]秋客邑[2]中，重阳日无有作，登高会者，感而有作

（一）

满街俗客太匆忙，半是农工半是商。

不酒不诗不会友，竟忘佳节到重阳。

【注释】

①丁未：即清道光二十七年（1847）。许植椿时年29岁。

②邑：城市，都城。此处指朝阳县城。

（二）

凄风冷雨过重阳，诗兴慵疏[①]酒兴凉。

应候[②]不如松径外，菊花先绽一枝黄。

【注释】

①慵疏：懒散。

②应候：顺应时令节候。晋陆云《寒蝉赋》序曰：“处不巢居，则其俭也；应候守节，则其信也。”

（三）

一年一度一登高，仲伯[①]联吟逸兴豪。

今日家山临眺[②]处，吾兄彤管[③]自挥毫。

【注释】

①仲伯：即“伯仲”，古时常用的排序，多用于兄弟排行。伯仲叔季或孟仲叔季，伯是老大，仲是老二。后“叔”不常用，也常把“季”放在第三位。根据许树新所著《许门谱书》，许植椿兄弟四人，胞兄许植桐，弟许植椿、许植槐、许植棠。

②临眺：意为在家乡的山上远望。唐杜甫《登兖州城楼》：“从来多古意，临眺独踌躇。”

③彤管：古代女史用以记事的杆身漆朱的笔。泛指画笔。

家居偶成

妻孥[①]团聚乐何深，闲课儿诗仔细吟。
堪笑[②]娇痴三岁女，也依阿母学穿针。

【注释】

①孥（nú）：子女，亦指妻子和儿女。《许门谱书》载，许植椿妻子为田氏，夫妻育有三子（炳耀、炳煜、炳炘）一女。

②堪笑：值得一笑。

游风凰山[①]

（一）

游人闲步到禅房[②]，满座花香茶亦香。

寺里老僧不识我，细询檀越[③]住何乡。

【注释】

①游风凰山：《朝阳文学史》录此诗，末句为“细问檀越住何乡”。《朝阳历代诗词歌赋》《朝阳历代诗词选》《古诗新墨凤凰山——书法作品集》均录此诗，末句为“细问檀越住何方”。以上诸本皆有误。

②禅房：指佛徒静修居住、讲经诵佛之所，泛指寺院。唐常建《题破山寺后禅院》：“曲径通幽处，禅房花

木深。”

③檀越：佛教用语，指施主。

（二）

千年石洞[1]号朝阳，因起山名是凤凰[2]。

下寺[3]山门山上望，悬崖峭壁压[4]僧房。

【注释】

①石洞：指凤凰山朝阳洞。详见《游凤凰山补咏十二首》之七“古洞”注释。

②凤凰：指朝阳凤凰山。

③下寺：原名报恩寺，现称延寿寺，位于凤凰山半山腰平地上。始建于康熙五十一年（1712），正殿六重，配殿三重，建筑面积1000平方米。殿宇恢宏，四面山合，云埋峰掩，景色清幽。

④压：逼近，压迫状。

（三）

迢遥凤岭镇乾坤[1]，携手登临笑语温。

想是吾人凡骨换，于今才得到天门[2]。

【注释】

①迢遥凤岭镇乾坤：迢遥，遥远貌。凤岭指凤凰山。乾坤，《周易》用“乾”表示天和阳，用“坤”表示地和阴。后用来泛指天地。镇乾坤，诗中指镇守天地。

②天门：指南天门，凤凰山一景。

（四）

晨钟暮鼓老僧楼，古道[1]无人谁暂留。

两个山公驮水去，随他石径上峰头。

【注释】

①古道：指凤凰山辽代古道降香十八盘。

（五）

层层石磴更崎岖，松绿花红入画图。

不识何人留古迹，两峰高处两浮屠[①]。

【注释】

①浮屠：佛塔。指凤凰山华严寺中的凌霄塔和云接寺中的摩云塔。

（六）

上寺[1]僧楼磬一声，日高天净万山晴。

开窗放眼东南望，海水茫茫绕锦城[2]。

【注释】

①上寺：即华严寺，位于凤凰山顶。始建于辽代，清顺治年间重修。现已不存。

②锦城：锦州城。康熙四年（1664）设锦州府。锦州临渤海，据说晴日于凤凰山顶可望渤海。

（七）

小院残碑字尚清，大雄宝殿大辽成[1]。

敲棋仙子今何在，残局空留石一枰[2]。

【注释】

①大辽成：大辽，指辽朝（907—1125），是中国历史上由契丹族建立的封建王朝，共传九帝，享国218年。辽朝时期，凤凰山再度兴旺。上寺之凌霄塔、中寺之摩云塔、北沟之大宝塔均为辽时所建，同时还兴建了华严寺、天庆寺、倒坐观音洞及观音堂。诚可谓大兴土木，盛极一时。

②枰：棋盘。

（八）

千秋佛卧洞天凉[①]，云作衣裳石作床。

佛若有灵应笑我，年年到底为谁忙。

【注释】

①千秋佛卧洞天凉：此诗收录于1930年版《朝阳县志·艺文二》中，作者系林奎翰，题为《游凤凰山七绝四首》(之一)，末句为“年年来此为谁忙”。《朝阳历代诗词歌赋》《朝阳历代诗词选》及《古诗新墨凤凰山——书法作品集》录此诗，均依据《朝阳县志·艺文二》。

秋日塞上雪中赏菊

(一)

冒雪傲霜俱[①]有诗，从来未向雪中题。

而今塞上[②]逢奇景，愿对同人写数辞[③]。

【注释】

①俱：诸多版本将“俱”误为“但”。

②塞上：指军事位置重要的边境地区。亦泛指北方长城内外。唐杜甫《秋兴八首》(其一)：“江间波浪兼天涌，塞上风云接地阴。”

③愿对同人写数辞：同人，指有着相同志向的人们、同好。辞，亦作词。

(二)

曾为重阳冒雨开，东篱[①]忽尔雪飞来。
孤芳也凛冰霜节，谁让梅花独占魁。

【注释】

①东篱：指种菊花的地方。详见《咏白菊》“东篱”注释。

（三）

雪花飞去菊花开，赏雪看花酒数杯。

隐逸[①]何时无傲骨，任他霜雪一齐来。

【注释】

①隐逸：隐居不仕，遁匿山林，亦指隐居的人。此处，诗人以菊自况。

朝邑吊古四时竹枝词[1]

（一）

舞榭歌台望月楼[2]，平沙[3]烟接古城头。
春来几点桃花片，冷粉残香逐水流。

【注释】

①朝邑吊古四时竹枝词：邑，城市，都城。朝邑指朝阳城。吊古，怀古，感怀古人古事。四时，即四季。竹枝词，一种诗体，是由古代巴蜀间的民歌演变过来的。唐代刘禹锡把民歌变成文人的诗体，对后代影响很大。《朝邑吊古四时竹枝词》共计两首。《朝阳历代诗词歌赋》收录此组诗，作者为许植椿。

②望月楼：望月之楼，朝阳城古建筑。

③平沙：这里指大凌河岸边平缓的沙滩。

（二）

水流花谢晚烟迷，野树无人有鸟啼。

今古不知花怨处，春风漫度大凌[1]堤。

【注释】

①大凌：指大凌河。大凌河系辽宁省西部最大的河流。古时称渝水，又称白狼水，唐朝时改称白狼河，辽时称灵河，金元时改“灵”为“凌”，称凌河，明朝始称大凌河。主源头在辽宁省建昌县要路沟乡吴坤杖子村水泉沟，于凌海市东南注入渤海，全长461千米。

（三）

避暑台高眼界清，汉朝功远柳州城[①]。

西僧夜课梵王殿[②]，万籁无声哵咧[③]鸣。

【注释】

①柳州城：指汉代柳城。遗址在今辽宁省朝阳县柳城镇袁台子村。

②西僧夜课梵王殿：指僧人夜晚在梵王殿学习或诵经。西僧，西域僧人。唐皎然《寄题云门寺梵月无侧房》："越山千万云门绝，西僧貌古还名月。"

③哵咧（bā liě）：一种直吹管乐器。

（四）

鸣笳[1]远动战场空，古往今来事不同。

长啸一声山水静，熏风[2]拂面藕花红。

【注释】

①鸣笳：笳，笳笛，古管乐器名。鸣笳即吹奏笳笛。

②熏风：和暖的南风或东南风，亦作薰风。唐白居易《首夏南池独酌》：“薰风自南至，吹我池上林。”

（五）

野火横郊月在山，渔人夜宿大凌湾[1]。

悲秋试问东流水，为逐英雄去不还。

【注释】

①大凌湾：大凌河畔。

（六）

无书远寄雁空归，今古情同事却非。
人在秦关龙塞[1]外，故乡花瘦月应肥。

【注释】

①秦关龙塞：秦地关塞，指今天甘肃天水、陕西关中一带。泛指边远地区。唐许浑《贵游》：“斧钺旧威龙塞北，池台新赐凤城西。”

（七）

踏遍溪山未见梅，彤云密布朔风催。
寒郊多少英雄冢，卧雪为谁梦不回。

（八）

野老[①]争传古战场，朔风天气日昏黄。
琵琶一曲昭君怨[②]，游子无愁亦断肠。

【注释】

①野老：村野老人。唐杜甫《哀江头》："少陵野老吞声哭，春日潜行曲江曲。"

②昭君怨：琴曲名。相传为汉朝王昭君嫁于匈奴后所作（《乐府诗集·琴曲歌辞三·昭君怨》）。北宋郭茂

倩题解引《乐府解题》：“昭君恨帝始不见遇，乃作怨思之歌。”

疏柳

秋风秋雨送频频，黄叶飞残杨柳津[1]。
记得长亭[2]送别处，密阴曾覆[3]往来人。

【注释】

①杨柳津：渡水的地方。详见《秋柳》“杨柳津”注释。

②长亭：古代驿站路上十里设一长亭，五里设一短亭。详见《秋柳》“长亭”注释。

③覆：覆盖，遮蔽。

晚山

秋山霜树未全枯，绘出天然好画图。
偶对斜阳闲指点，两肩红叶一樵夫。

清溪

曾记何人唱濯缨[①]，潺湲[②]今日泻秋声。
池花岸柳齐摇落，才得中英彻底清。

【注释】

①濯缨：洗濯冠缨，喻超脱世俗，操守高洁。冠缨有三种意思，一是指帽带，二是指帽，三是指仕宦。《渔父》：“渔父莞尔而笑，鼓枻而去。乃歌曰：‘沧浪之水清兮，可以濯吾缨；沧浪之水浊兮，可以濯吾足。’”

②潺湲（chán yuán）：水慢慢流动的样子。

新月

正是天晴冷霜时，树梢秋月半弯窥。
神仙毕竟多情绪，夜夜嫦娥巧画眉。

春日闲吟

（一）

春阴三月记年年，浓抹云光淡扫烟。
雨又不寒风又暖，养花天是卖花天。

（二）

芳草堤边绿水湄[①]，杏花艳艳柳垂垂。
榆钱[②]买得青山笑，我问青山欲笑谁。

【注释】

①绿水湄：湄，岸边。指水与草交接的地方。

②榆钱：也称榆荚，是榆树的种子，因为它酷似古代穿起来的铜钱，故名榆钱儿。

（三）

满地胭脂落软红，劝君切莫骂东风[①]。

秾繁[②]阅尽终归淡，悟是从来色是空[③]。

【注释】

①东风：指春风，亦指春天。

②秾繁：繁盛；繁密。

③悟是从来色是空：悟，觉悟、顿悟，佛学禅宗要义之一。色是空，出自大乘佛教最重要的典籍《般若波罗蜜多心经》："舍利子，色不异空，空不异色，色即是空，空即是色，受想行识，亦复如是。""色即是空，空即是色"是大乘佛教的重要义理。这是佛教的重要思想，简单地说，色是指一切能见到或不能见到的事物现象，而

这些现象是由因果产生；空是事物的本质，任何事物都是从无到有。

秋夜留饮于催五[1]宅中，同诸友人醉后作

（一）

灯影辉煌月影圆，歌姬案板对华筵[2]。
低声唱到移情处，偷送春波[3]看少年。

【注释】

①催五：催五生平不详。

②华筵：指丰盛的筵席。

③春波：春水。意思是传情的眼神。

（二）

银烛金樽[①]绿髻[②]新，随歌随舞共怀春。

抬头一笑风流甚，不看生人看熟人。

【注释】

①金樽：本作“金尊”，中国古代的盛酒器具，形容精美的酒器。唐李白《将进酒》：“人生得意须尽欢，莫使金樽空对月。”

②髻（jì）：古代汉族女子将头发挽结于头顶的发式。也称结、玠。诗中指簪梳。

（三）

葡萄美酒对红妆①，拇战②花前夜气香。

座上无人非司马③，琵琶一曲即浔阳④。

【注释】

①红妆：指女子的盛妆。因妇女妆饰多用红色，故称。古乐府《木兰诗》：“阿姊闻妹来，当户理红妆。”唐元稹《瘴塞》：“瘴塞巴山哭鸟悲，红妆少妇敛啼眉。”

②拇战：划拳，亦称猜拳，酒令的一种。中国民间饮酒时一种助兴取乐的游戏。

③司马：指白居易，曾任江州（今江西九江）司马。

④琵琶一曲即浔阳：琵琶，指乐府名篇《琵琶行》。《琵琶行》是白居易的长篇乐府诗之一，作于唐元和十一年（816）。浔阳，地名，江名。浔阳即浔城、浔阳城，今江西省九江市的古称，长江流经江西省九江市北的一

段称浔阳江。唐白居易《琵琶行》："浔阳江头夜送客，枫叶荻花秋瑟瑟。"

（四）

轻妆淡抹翠鬟[①]梳，劝酒当垆[②]意自舒。

貌比文君[③]真绝世，座中可有几相如[④]。

【注释】

①翠鬟（huán）：古代妇女梳的环形发式。

②当垆：指文君当垆，成语典出《史记·司马相如列传》。司马相如与卓文君从成都回到卓家所在的临邛，变卖车马，买一酒店，文君在店堂卖酒，相如和用人酒保一起洗涤酒器。常以此比喻美女卖酒，或表现饮酒和爱情。唐李商隐《杜工部蜀中离席》："美酒成都堪送老，当垆仍是卓文君。"宋陆游《寺楼月夜醉中戏作》："此酒定从何处得，判知不是文君垆。"

③文君：指卓文君。卓文君原名文后，西汉临邛（今四川邛崃）人，汉代才女。

④相如：指司马相如，字长卿，蜀郡成都人，西汉著名辞赋家。他与卓文君的爱情故事广为流传。

（五）

红装[①]灯下影模糊，檀板[②]一声醉梦苏[③]。

荒塞竟成金粉[④]地，风光何必想西湖[⑤]。

【注释】

①红装：指妇女的艳丽装束，亦指青年女子。诗中指青年女子。

②檀板：简称板，乐器，因常用檀木制作而有檀板之名。唐玄宗时，梨园乐工黄幡绰善奏此板，故又称绰板。

③醉梦苏：从醉梦中苏醒。宋范成大《夜坐听雨》："四檐密密又疏疏，声到蒲团醉梦苏。恰似秋眠天竺寺，

东轩窗外听跳珠。”

④金粉：黄金的粉末或金色的粉末，喻指繁华绮丽的生活。清吴伟业《残画》：“六朝金粉地，落木更萧萧。”

⑤西湖：杭州西湖。

（六）

花围[①]锦幄[②]宴嘉宾，酒到花场任意巡[③]。

醉倚花枝君莫笑，满街都是爱花人。

【注释】

①花围：出自元宋褧《都城杂咏》(其三)：“风物鲜妍饰禁城，豪家戚里竞留情。花围锦幄清明宴，香拥珠楼乞巧棚。……”

②锦幄：锦制的帷幄。亦泛指华美的帐幕。唐温庭筠《题翠微寺二十二韵》：“岚湿金铺外，溪鸣锦幄傍。”

③巡：量词。用于给全座斟酒的次数。

松棚

谁从槛[①]外起松棚[②]，枝影萧疏月影清。

半架轻阴风过处，涛声[③]依旧响二更。

【注释】

①槛（jiàn）：栏杆。唐王勃《滕王阁序》：“阁中帝子今何在？槛外长江空自流。”

②松棚：用松树枝叶搭的棚舍。诗中疑为校舍。

③涛声：松涛之声。诗中疑为读书声。

纨扇[1]

楼深静坐葛衣[2]披，两腋风生小扇持。

一柄轻罗[3]摇动处，竹阴又唱纳凉诗。

【注释】

①纨扇：纨，细绢，细的丝织品。纨扇，古扇名，细绢制成的团扇。

②葛衣：葛布制作的衣服，多在夏季穿着。《史记·太史公自序》："夏日葛衣，冬日鹿裘。"

③轻罗：一种质地轻盈质量上乘的柔软丝织品。诗中指细绢小扇。唐杜牧《秋夕》："银烛秋光冷画屏，轻罗小扇扑流萤。"

鸠与鹊争巢[①]

（一）

树梢日日费经营[②]，恨我一生室未成。
绿柳林边来拙鸟，几回驱逐几回争。

【注释】

①鸠与鹊争巢：诗咏鸠占鹊巢的故事。鸠占鹊巢典故出自《诗经·国风·召南·鹊巢》："维鹊有巢，维鸠居之。"斑鸠不会做巢，常强占喜鹊的巢。比喻强占别人的住屋或占据别人的位置。

②经营：筹划营造。

（二）

鹊之佳名上界[1]标，也从天上架仙桥。
于今再奋填桥力，斗到斜阳恨未消。

【注释】

①上界：指天上神仙居住的地方。唐张九龄《祠紫盖山经玉泉山寺》：“上界投佛影，中天扬梵音。”

（三）

声声残忍绿杨阴，著得紫冠[1]是此禽。
自不筑巢留自托[2]，偏从羽族[3]运机心。

【注释】

①著得紫冠：斑鸠的头部长着紫色羽毛。著（zhuó），同“着”，附着，穿着。

②自托：自己有所依托。《战国策·赵策四》：“一旦山陵崩，长安君何以自托于赵？”

③羽族：指鸟类。

（四）

自从拂羽一声号[①]，枉费林头补缀劳[②]。

鹊不让鸠鸠逐鹊，鹊鸠到底属谁高。

【注释】

①号（háo）：拖长声音大声呼叫。

②补缀劳：指辛苦地修补巢穴。

咏红芍药

落尽牡丹雨尚涵，当阶芍药嫩红酣。
广陵[①]春色开图画，溱洧[②]离情谑女男。
虽逊佳名香第一[③]，也成花市径遮三[④]。
何时逢得扬州会，烁烁红灯[⑤]客对谈。

【注释】

①广陵：今江苏省扬州市的古称。唐李白《黄鹤楼送孟浩然之广陵》："故人西辞黄鹤楼，烟花三月下扬州。"

②溱洧（zhēn wěi）：溱河、洧河，是春秋战国时期郑国的两条河名。《诗经·郑风·溱洧》："溱与洧，方涣涣兮。士与女，方秉蕑兮。女曰观乎？士曰既且。且往观乎？洧之外，洵訏且乐。维士与女，伊其相谑，赠之

以勺药。”

③香第一：出自唐皮日休《牡丹》:“落尽残红始吐芳，佳名唤作百花王。竞夸天下无双艳，独立人间第一香。”

④径遮三：指芍药把院中的三条路径遮盖了。汉时人蒋诩隐居乡里，宅院中辟三径，只同两个友人交往。东晋高士陶潜在《归去来兮辞》中以“三径就荒，松菊犹存”描述自己的家园。后世因用“三径”代指家，并常用作咏退隐生活的典故。

⑤烁烁红灯：指红芍药。唐韩愈《芍药》：“浩态狂香昔未逢，红灯烁烁绿盘龙。觉来独对情惊恐，身在仙宫第几重。”

阴雨

开门天气半阴晴，听得蒙蒙细雨声。
麦浪流酥新露滴，花英带醉晓烟轻。

围村树色浓青活，满郭[1]山光湿翠横。
云敛[2]夕阳风又动，窗前余点打蕉鸣。

【注释】

①郭：在城的外围加筑的一道城墙，即外城。亦通“廓”，即本诗所指村子的外部、外周。

②敛：收起；收住。

赠杨处士[1]山村

（一）

问君何日避喧哗，自处一村自一家。
水底浓青峰影倒，窗间空翠树阴遮[2]。
门前雨歇锄新草，山外人游摘晚花。
待到半轮夕照后，闲寻曲径看桑麻[3]。

【注释】

①杨处士：处士，古时候称有德才而隐居不愿做官的人，后亦泛指未做过官的读书人。杨处士生平不详。

②窗间空翠树阴遮：《朝阳文学史》收录此诗，为“窗前空翠树阴遮”。

③桑麻：泛指农作物或农事。

（二）

高风[①]寄托在田园，四面烟岚抹碧痕。
山气[②]正佳斜日后，茅庐[③]半倚白云根。
鸡鸣桑里村依树，犬吠篱边客到门。
此处始知尘不染，劝君莫与外人论。

【注释】

①高风：高尚的风操、志向。

②山气：山中气象。东晋陶渊明《饮酒》（其五）："山气日夕佳，飞鸟相与还。"

③茅庐：指用茅草盖的屋，泛指草屋。宋梅尧臣《对雪忆往岁钱塘西湖访林逋三首》（其一）："折竹压篱曾碍过，却寻松下到茅庐。"

麦浪

春来曾记麦芽抽，今看田间碧浪流。
雨过频翻千顷翠，风来似带一分秋。
轻花落地停秧马[①]，晨气浮天浴野鸠。
垄上若逢江上客，几回误放钓鱼舟。

【注释】

①秧马：旧时农民插秧时所坐的器具，形如船，底平滑，首尾上翘，利于秧田中滑移。宋陆游《春日小园杂赋》："自此年光应更好，日驱秧马听缫车。"

秋夕

独坐萧斋①仔细听，虫声唧唧满槐庭。
半阶松影移秋月，几点云光流火星。
夜里风来频撼竹，窗前灯暗乱飞萤。
一年客易②新凉到，欲赏良宵倚画屏。

【注释】

①萧斋：指书斋。明唐寅《送行》："萧斋烦扫榻，为我醉眠谋。"

②客易：过去的，转换。指四季转换，一年很快就过去了。

道中寄内①

马迹车尘近②日忙，东征此去路茫茫。
平梁回首人千里，边塞③关心泪数行。
明月窥残游子梦，鸡声啼断旅人④肠。
行来不是游春客，白发思亲意正长。

【注释】

①寄内：内，旧时称妻子或妻子家的亲戚为“内”。此诗系写给妻子田氏，所以称“寄内”。

②近：抄本为“近”，疑为“尽”。

③边塞：特指边疆地区的要塞，如山海关、嘉峪关等

具体要塞地名；亦泛指边疆。唐孟浩然《同张明府清镜叹》："寄语边塞人，如何久离别。"

④旅人：旅行在途的人；奔走在外的人。

羊牛下来[1]

几度经朝暮，征夫[2]总不还。
羊牛新石径，烟草旧柴关[3]。
白石云三面，青丝水一湾。
知时辞旷野，寻路到家山。
忘返人何在，思归拘[4]却闲。
村头来点点，远岫夕阳殷。

【注释】

①羊牛下来：出自诗经《君子于役》：

“君子于役，不知其期。曷至哉？鸡栖于埘。日之夕矣，羊牛下来。君子于役，如之何勿思！

君子于役，不日不月。曷其有佸？鸡栖于桀。日之夕矣，羊牛下括。君子于役，苟无饥渴？”

唐杜甫《日暮》：“牛羊下来久，各已闭柴门。风月自清夜，江山非故园。”

②征夫：古代指出征的战士；亦指离家远行的人。

③柴关：柴门。唐刘长卿《送郑十二还庐山别业》：“浔阳数亩宅，归卧掩柴关。”

④拘：拘束，限制。

夜雨长[①]溪痕

浦口[②]苍茫暗，浓云万树齐。
夜初闻细雨，痕定长前溪。
黯黯花光润，垂垂柳色低。

烟涵峰向背，潮涨岸东西。
鹭屿波疑掩，鸥家翠忆迷。
难分青草渡[③]，不隔白沙堤[④]。
三尺篙添浪，千声櫂唤鸡[⑤]。
沟御晴更好，报晓几黄鹂。

【注释】

①长（zhǎng）：同涨。

②浦口：浦，水边或河流入海的地方。

③青草渡：长江边某地。宋王镃《宿青草渡》："夜深犹有去来船，长江倒影涵青天。鹤寒梦觉松梢月，流水残梅浸香雪。山翁呼儿沽酒归，独客有感未睡时。提剑起舞摇斗宿，醉里天风生两袖。"

④白沙堤：即白堤，位于今杭州市西湖畔。唐时称白沙堤、沙堤，其后在宋、明又称孤山路、十锦塘。唐代诗人白居易任杭州刺史时有诗云："最爱湖东行不足，绿杨阴里白沙堤。"即指此堤。后人为纪念这位诗人，称为白堤。

⑤千声楬唤鸡：楬（jié），古同“桀”，木桩，亦指鸡栖息的木桩。诗中指多种禽类叫着寻找栖息的地方。

春柳

桃李芳菲外，长堤柳色春。
黄莺栖处稳[1]，碧草衬来新。
眼逗青山笑，眉含细雨伸。
花光时掩映，浓淡画难真。

【注释】

①稳：原抄本为“稳”，疑为“隐”。

车中午困

登车翻爱困，借困好吟诗。
轮铁琅琅响，柔肠转转思。
入村行步缓，随意看山迟。
游兴闲中觉，青帘觌面时①。

【注释】

①青帘觌面时：青帘，旧时酒店门口挂的幌子，多用青布制成。借指酒家。唐郑谷《旅寓洛阳村舍》："白鸟窥鱼网，青帘认酒家。"觌（dí），见；相见。

立秋后过张某村斋[①]

步出山斋[②]外，崎岖路正赊[③]。
一村围柳色，十亩逗荞花。
雅量三升酒[④]，清风七碗茶[⑤]。
无端乘兴往，偃蹇[⑥]夕阳斜。

【注释】

①村斋：乡村屋舍。唐白居易《冬夜》："眼前无一人，独掩村斋卧。"

②山斋：山中居室。南北朝诗人庾信有诗《山斋诗》："石影横临水，山云半绕峰。遥想山中店，悬知春酒浓。"

③赊：遥远。唐王勃《滕王阁序》："北海虽赊，扶摇可接；东隅已逝，桑榆非晚。"

④三升酒：宋词典故三升官酒。典出《新唐书·隐逸列传·王绩》。唐初对待诏门下省的官员，“官给酒日三升”。

⑤七碗茶：典出于七碗茶卢仝，见《走笔谢孟谏议寄新茶》。

⑥偃蹇（yǎn jiǎn）：偃卧。指夕阳西下。

咏瓶花落[1]

几日伴琴樽[2]，前因总莫论。
东风迷旧梦，疏雨泣新魂。
几印红千点，帘留碧一痕。
与君今夕别，谁共坐黄昏。

【注释】

①瓶花落：瓶花是自宋以来中国插花艺术约定俗成的称谓。清朝曾国荃有一副题书斋联曰："瓶花落砚香归字，风竹敲窗韵入书。"瓶花落，指瓶花凋谢。

②琴樽：琴与酒樽。琴与酒樽为文士悠闲生活用具。唐陈子昂《群公集毕氏林亭》："默语谁相识，琴樽寄北窗。"

如梦令[1]·九日偕友登高

喜得新俦[2]未杳，顿使尘襟[3]莫扰。携手上高台[4]，正及霜天乍晓。难了，难了，倩[5]负诗中不少。

足下寒云一片，眼底荒山四面。何处不惊秋，物候能禁几变。谁见，谁见，落帽[6]风流可羡。

【注释】

①如梦令：词牌名，又名“忆仙姿”“宴桃源”。五代时后唐庄宗李存勖创作。此词《朝阳历代诗词歌赋》《朝阳历代诗词选》均有收录，作者为文奎。

②新俦：俦（chóu），同辈伴侣，同一类的人物。新俦即新朋友。

③尘襟：世俗的胸襟。唐白居易《答元八宗简同游曲江后明日见赠》：“归来经一宿，世虑稍复生。赖闻瑶华唱，再得尘襟清。”唐黄滔《寄友人山居》：“茫茫名利内，何以拂尘襟。”

④高台：高的楼台。此处指高山。

⑤倩：抄本为“倩”，疑为“债”。

⑥落帽：指重九登高的典故。《晋书》卷九十八《桓温列传·孟嘉》：“九月九日，温燕龙山，僚佐毕集。时佐吏并著戎服，有风至，吹嘉帽堕落，嘉不之觉。温使左右勿言，欲观其举止。嘉良久如厕，温令取还之，命孙盛作文嘲嘉，著嘉坐处。嘉还见，即答之，其文甚美，四坐嗟叹。”后便以“落帽”作为重九登高的典故。唐钱起《九日闲居寄登高数子》：“今朝落帽客，几处管弦留。”

黄莺儿[1]·秋千

迟日画桥西，抖绒绳，高复低。翠罗裙[2]底香尘起，脚儿并齐，腰儿并提，盘桓[3]几尽佳人力，唤封姨[4]，徐徐劝驾[5]，将坠绿云笄[6]。

深院绿杨烟，曳霓裳[7]，飞半天。杏花墙外人频羡，艳情若颠，轻躯若仙。飘然不识蓬莱[8]远，汗淋淋，徐离画板，犹似在云边。

【注释】

①黄莺儿：词牌名，为柳永创调，即咏黄莺儿。又名“黄莺儿令”“黄婴儿”“水云游”。此词《朝阳历代诗词歌赋》《朝阳历代诗词选》均有收录，作者为文奎。

②罗裙：丝罗制的裙子。泛指女孩衣裙。唐王昌龄

《采莲曲》："荷叶罗裙一色裁，芙蓉向脸两边开。"

③盘桓：曲折回绕。

④封姨：又称封夷。古时中国神话传说中的风神，后因以代称风。亦称"封家姨""十八姨""封十八姨"。宋张孝祥《浣溪沙》："妒妇滩头十八姨，颠狂无赖占佳期，唤它滕六把春欺。"

⑤徐徐劝驾：劝驾，劝人任职或做某事。词中指求风助力也。《朝阳历代诗词歌赋》《朝阳历代诗词选》作"唤封姨徐劝驾，将坠绿云笄"。

⑥笄（jī）：古代的一种簪子，用来插住挽起的头发，或插住帽子。亦特指女子十五岁可以盘发插笄的年龄。

⑦曳霓裳：曳（yè），本义拖，牵引。诗中指飘拂轻柔的舞衣。唐白居易《江南遇天宝乐叟》："贵妃宛转侍君侧，体弱不胜珠翠繁。冬雪飘摇锦袍暖，春风荡漾霓裳翻。"

⑧蓬莱：神话传说中的神山。借以比喻仙境。

惜分钗[1]·惜杏花

花初见，人争羡。连朝[2]引得游蜂徧[3]。怨天工，委芳丛。吹到朱幡[4]，坠落嫣红，风风。

芳菲[5]变，情怀倦。香消粉褪难留恋。罢游骢[6]，掩芳栊[7]。欲觅前缘，再过墙东[8]，空空。

【注释】

①惜分钗：词牌名，又名“钗头凤”“撷芳词”等。

②连朝：连朝接夕的略语。从早晨连到晚上，形容不分白天黑夜。唐白居易《与元九书》：“劳心灵，役声气，连朝接夕，不自知其苦，非魔而何？”

③徧（biàn）：同“遍”。

④朱幡：红色的旗幡。

⑤芳菲：指香花芳草。亦形容花草盛美。元王翰《题败荷》：“芳菲今日凋零尽，却送秋声到客衣。”

⑥罢游骢：骢，青白杂毛的马。泛指马。“罢游骢”指结束游春，将马送回马厩。

⑦栊：窗户。

⑧再过墙东：《朝阳历代诗词歌赋》《朝阳历代诗词选》收录此词，作者为文奎，词中作“再通墙东”。

过凤凰岭[①]

峻岭千秋号凤凰，跋[②]来不似客寻芳。
拨开云路人心畅，蹴碎石声马足忙。
弹汁染衣春柳绿，催花及第[③]暖风香。
高冈回首天涯望，不识何乡是故乡。

【注释】

①凤凰岭：位于河北省平泉县七沟镇境内，系清代“平泉八景”之一。这座山的主峰海拔850米。据实录记载，乾隆四十八年（1783）八月十六日，弘历一行自承德避暑山庄启行东巡，往盛京（今沈阳）谒祖陵，在翻越此岭时曾驻足过。四川才子李调元受提刑按察使司委派赴热河复审承德府七州县秋谳（死刑案件），其所著《出口程记》载：“四月初九日……三十里东柳沟（今东六沟）……三十五里至凤凰山（今凤凰岭）。二十五里平泉州，宿平泉书院。”李调元从北京到承德、平泉、凌源、朝阳，之后返回京城，其间路过凤凰岭。今京沈高铁路过此岭，穿越全长9841米的凤凰岭隧道。

戴言著《朝阳文学史》中《过凤凰岭》为许植椿作，末句是“不知何乡是故乡”。《古诗新墨凤凰山——书法作品集》中此诗作者为文奎。此书法作品集之所以选录《过凤凰岭》，乃认为此诗是写朝阳凤凰山。实际上，这首诗写的肯定不是朝阳市的凤凰山，因为如果作者登凤凰山游览，不可能用“过凤凰岭”作题，一般来讲，只有岭才可以“过”。抄本中《过凤凰岭》之后就是《过祥云岭》，可见这两处是作者许植椿进京赶考且赋诗的地方。朝阳市附近只有平泉县七沟镇境内有这两道岭。

②跋：踏，踩。指跋涉。

③及第：指科举考试应试中选，因榜上题名有甲、乙次第，故名。隋唐只用于考中进士，明清殿试之一甲三名称“赐进士及第”，亦省称“及第”，另外也分别有“状元及第”“榜眼及第”“探花及第”的称谓。

过祥云岭①

四围群峭气氤氲②，古道③崎岖暗不分。
马足穿来林下径，车声震破岭头云。
一峰花影烟霞活④，万壑松涛风雨闻⑤。
忽又暮钟空际响，老僧定是晚香焚⑥。

【注释】

①祥云岭：位于河北省平泉县七沟镇境内。位于凤凰岭南15千米处。

②氤氲（yīn yūn）：也作“烟煴”“絪缊”，指湿热飘荡的云气，烟云弥漫的样子。

③古道：出北京古北口至承德、朝阳、沈阳为清帝东巡御道之一。其主要走向是古北口、承德、平泉、凌源、喀左、朝阳、义县、北镇，东去盛京或兴京（今新宾永陵）。这条干线大道基本上是承袭大凌河古道，古称平冈道。许植椿进京赶考路过此岭并作诗。今101国道通过此岭。

④烟霞活：形容峰上鲜花像活的烟霞，给烟霞赋予了生命。

⑤风雨闻：形容听松涛如闻风雨。

⑥老僧定是晚香焚：祥云岭半山腰有关帝庙，亦称泊云寺，曾香火不断。现不存。

雨后登山

（一）

历升石磴入层霄，径自崎岖步自遥。
杖拨新花浓露滴，屐[1]穿细草淡香飘。
泉飞古嶂[2]千寻练，虹跨高峰百尺桥。
偶向远山闲指点，一弯黛色样难描。

【注释】

①屐：用木头做鞋底的鞋，泛指鞋。唐以前是旅游用的鞋，在宋代以后基本上就是专门的雨鞋了。

②嶂：形容高险像屏障的山。

（二）

古径泥痕屐齿黏，松梢余点尚廉纤[①]。
蛾眉[②]两道浓青抹，螺髻[③]千重淡翠添。
云雾闪开红日脚，烟岚退出碧峰尖。
游观几遍山中景，更爱岩花露气沾。

【注释】

①廉纤：是一个汉语词，指细小、细微。多用于形容微雨。宋宋庠《春晦》："晓雨廉纤仅压尘，落花长草小平津。十千酒美空留客，九十春归不恋人。"

②蛾眉：指美人细而弯的眉毛。借以形容山岭。

③螺髻：是古代妇女发式之一，形似螺壳。借以形容山岭。

初秋

寒砧[①]尚未响斜阳，大火西流律在商[②]。
一影飘来桐叶落，几枝攀去桂花香。
蝉鸣树顶金风曳，月转盘中玉露凉。
目送飞鸿千里外，前宵暑退白云乡。

【注释】

①寒砧：砧，捣衣石。寒砧意为寒风中的捣衣声。

②大火西流律在商：大火西流，心宿二是在银河系的一颗红超巨星，也是天蝎座星区中最亮的星星，在我国古代，天文学家把它称作“大火”。每年从夏到秋的时候，心宿二在黄昏后的天空中逐渐西沉，所以，古人用“大火西流”表示秋季的到来。商，秋季。古人把五音与四季相配，商音配秋，因以商指秋季。

秋郊

酒尽烟岚雨气残，诗人玩景正盘桓。
雪铺岸角芦花白，霞舞江头枫叶丹。
宵露凉催虫语急，朔风冷逼雁声酸[①]。
东皋[②]指点斜阳晚，远岫云飞影亦寒。

【注释】

①雁声酸：酸，悲伤、悲痛。“雁声酸”指雁声哀伤悲凉。

②东皋：水边向阳高地。亦泛指沼泽、湖泊、田园、原野。晋陶潜《归去来兮辞》：“登东皋以舒啸，临清流而赋诗。”

秋花

秋花色更胜春园，金气酿成黄叶繁。
雨洒枝头西子[①]泪，香飘槛外汉妃[②]魂。
杜公及第[③]芝曾秀，陶客[④]思归菊尚存。
不用栏前催羯鼓[⑤]，也应玩赏酒盈樽。

【注释】

①西子：即西施。春秋末期西施出生于越国苎萝村（今浙江省诸暨市苎萝村），自幼随母浣纱江边，故又称“浣纱女”。她天生丽质、美貌出众，是美的化身和代名词。西施是中国古代四大美人之一。当时越国称臣于吴国，越王勾践卧薪尝胆，谋求复国。在国难当头之际，西施忍辱负重，以身救国，与郑旦一起被越王勾践献给

吴王夫差，成为吴王最宠爱的妃子，乱吴宫，以霸越。

②汉妃：即王昭君。

③杜公及第：杜公指杜荀鹤。杜公及第时灵芝草都挺秀了。杜公屡试不中，四十岁才中进士。

④陶客：指陶潜。

⑤羯鼓：是一种出自于西域的乐器，据说来源于羯族。羯鼓两面蒙皮，腰部细，用公羊皮做鼓皮，因此叫羯鼓。它发出的音主要是古时十二律中阳律第二律一度。古时，龟兹、高昌、疏勒、天竺等地的居民都使用羯鼓。

秋夜

三秋[①]云影忽飞扬，每到深宵兴自长。
井畔风吹桐叶落[②]，庭中露湿桂花香。
欧阳[③]作赋虫声急，苏子[④]泛舟夜色凉。
归客鹿门[⑤]当此际，吴山楚水[⑥]看苍茫。

【注释】

①三秋：古时人们将秋季的七、八、九月份分别称为孟秋、仲秋、季秋，合称“三秋”，代指秋天。“三秋”有时亦指秋季的第三个月，即农历九月。

②井畔风吹桐叶落：抄本作“井畔风吹枫桐叶落”。当多一“枫”字。今改。

③欧阳：指欧阳修，宋代文学家，“唐宋八大家”之一。其《秋声赋》为辞赋代表作品。

④苏子：指苏轼，世称苏东坡、苏仙，北宋文学家、书法家。其《前赤壁赋》开篇：“壬戌之秋，七月既望，苏子与客泛舟游于赤壁之下。清风徐来，水波不兴。举酒属客，诵明月之诗，歌窈窕之章。”

⑤归客鹿门：唐代诗人孟浩然曾创作一首七言古诗《夜归鹿门山歌》：“山寺钟鸣昼已昏，渔梁渡头争渡喧。人随沙岸向江村，余亦乘舟归鹿门。鹿门月照开烟树，忽到庞公栖隐处。岩扉松径长寂寥，惟有幽人自来去。”鹿门，山名，在湖北襄阳。

⑥吴山楚水：意思是吴地的山、楚地的水。指古时吴、楚两国所属地域。后用以指长江中下游一带。

秋虫

谁传凉信到江城①，天假②寒虫处处鸣。
吟彻秋风仍细语，诉残夜雨不停声。
听来孤帐游人惨，催去深闺懒妇惊。
石砌唧唧音乍起，兼闻砧杵③响三更。

【注释】

①江城：指江河在本地文化中占据突出地位的城市。亦特指湖北省武汉武昌。唐李白《与史郎中钦听黄鹤楼上吹笛》："一为迁客去长沙，西望长安不见家。黄鹤楼中吹玉笛，江城五月落梅花。"

②天假：上天授与。

③砧杵：捣衣石和棒槌。亦指捣衣。

秋暮

端端①凉风大野道，雁声催老 天秋。
千林黄叶萧萧下，万里白云片片浮。
酒熟山家②初赏菊，鲈肥水国③正归舟。
十年征戍辽阳客④，惟盼⑤寒衣不胜愁。

【注释】

①端端：刚刚；恰恰。

②山家：山野人家。唐杜甫《从驿次草堂复至东屯二首》(其二)：“山家蒸栗暖，野饭射麋新。”

③水国：犹水乡。唐孟浩然《洛中送奚三还扬州》：“水国无边际，舟行共使风。”宋欧阳修《南乡子·翠密红繁》：“翠密红繁，水国凉生未是寒。”

④十年征戍辽阳客：取沈佺期《独不见》诗意。《独不见》："卢家少妇郁金堂，海燕双栖玳瑁梁。九月寒砧催木叶，十年征戍忆辽阳。白狼河北音书断，丹凤城南秋夜长。谁谓含愁独不见，更教明月照流黄。"

⑤盼：抄本为"昐"，古籍中"昐"和"盼"混用现象比较多。

落叶

西风瑟瑟叶飞黄，有客江南忆故乡。
飘出御沟[①]题妙句，催来玉杵[②]响斜阳。
有声敲户惊残梦，无意辞枝怨早霜。
明岁葱茏皆可悦，恩沾雨露感东皇[③]。

【注释】

①御沟：指流经宫苑的河道。唐代被禁锢在深宫的宫女，因渴望自由，便在落叶上题诗放入御沟流出。后用以比喻男女奇缘。

②玉杵：指洗衣服用的棒槌。意为捣衣，换季。

③东皇：远古时代华夏族神话中的天神。

秋夜读书

口不绝音忽到秋，书声宛带竹声流。
灯明一案心何静，虫助三更语未休。
味在胸中凭我贮，光临壁下又谁偷[1]。
千行读罢思犹永，檐外从[2]他月色浮。

【注释】

①光临壁下又谁偷：典出“凿壁偷光”成语。成语出自西汉大文学家匡衡幼时凿穿墙壁引邻舍之烛光读书，终成一代文学家的故事。现用来形容家贫而读书刻苦的人。

②从：古同“纵”，任由。

冬山

画山难画到冬时，睡态凄凉瘦骨支。
岭上松梅堪入梦，峰头冰雪懒舒眉。
精神阒若[1]形弥古，面目依然老不知。
木落草枯明月夜，白云一片好扶持。

【注释】

①阒（qù）若：寂静貌。

落叶二首

（一）

是谁传得御沟诗，好事曾教柳叶知。
今日凋零无所用，人间飘泊类如斯。
霜乾[1]坠地声何脆，风紧当空力不支。
待到来年春意动，寄生先占最高枝。

【注释】

①乾（gān）：触犯、冒犯、冲犯。宋苏轼《与李彭年同送崔岐归二曲，马上口占》："霜乾木落爱秦川，兴发身轻逐鸟翩。"

（二）

霜威夜夜任催残，柳叶飞黄枫叶丹。
春露曾沾恩莫报，秋风虽忍怨应难。
树经零落嫌形瘦，枝少扶持觉影单。
叹惜空山人迹到，芒鞋[①]踏处一声干[②]。

【注释】

①芒鞋：草鞋，用植物的叶或秆编织的鞋子。

②干：没有水分或水分少。诗中指鞋踩在落叶上发出干枯的声音。

落花

（一）

东风何故太相摧，十二栏干[①]望几回。
无复香魂沾雨露，却嫌玉骨染尘埃。
心寒西子[②]辞吴国，泪洒杨妃[③]到马嵬[④]。
国色衰残休叹惜，早花飞尽晚花开。

【注释】

①十二栏干：栏干亦作阑干、栏杆。十二，言其曲折之多，指曲曲折折的栏杆。宋张先《蝶恋花·林钟商》（之一）："楼上东风春不浅。十二阑干，尽日珠帘卷。"

②西子：即西施。详见《秋花》“西子”注释。

③杨妃：即杨贵妃（719—756），名玉环，号太真。性格婉顺，姿质丰艳，擅长歌舞，通晓音律。曾嫁给唐玄宗之子寿王李瑁为妃，开元二十八年（740），奉命出家为女道士。后唐玄宗下诏让杨玉环还俗，并接入宫中，正式册封为贵妃。“安史之乱”爆发后，杨贵妃跟随唐玄宗李隆基逃往蜀地，途经马嵬驿，士兵哗变，唐玄宗含恨赐死杨贵妃。

④马嵬（wéi）：地名，杨贵妃缢死的地方。《通志》：“马嵬坡，在西安府兴平县二十五里。”《旧唐书·杨贵妃传》：“安禄山叛，潼关失守，从幸至马嵬。禁军大将陈玄礼密启太子诛国忠父子，既而四军不散，玄宗遣力士宣问，对曰‘贼本尚在’，盖指贵妃也。力士复奏，帝不获已，与妃诀。遂缢死于佛室。时年三十八，瘗于驿西道侧。”

（二）

曾依松竹映芭蕉，零落魂从何处招。
有恨也依流水去，无言难倩[①]夕阳描。
飞逢柳絮光犹耀，印向苔痕色未消。
待到繁华成往事，不堪明月梦红桥。

【注释】

①倩：含笑的样子。

（三）

色色空空[①]那认真，每逢憔悴总伤神。
徘徊落后全成梦，想像开时最可人。
只把荣枯凭大造[②]，难将藩溷[③]信前因。
来年再荷[④]东皇赐，要占群芳第一春。

【注释】

①色色空空："色即是空，空即是色"的略写。详见《春日闲吟》"色是空"注释。

②大造：指天地，大自然。

③藩溷（fān hùn）：篱笆和厕所。《晋书》卷九十二《文苑传·左思传》："复欲赋三都……遂构思十年，门庭藩溷皆著笔纸，遇得一句，即便疏之。"清蒲松龄《聊斋志异·西湖主》："门堂藩溷，处处皆笼烛。"

④荷：承蒙。

秋夜闲吟

骚客[①]今宵坐短檐[②]，诗情满腹此时添。

秋声野外蝉千树，夜色庭中月一帘。

【注释】

①骚客：通常和文人并用，亦称骚人，是诗人的别称。

②短檐：屋檐。明徐渭《白鹇》："短檐侧目处，天际看鸿飞。"

旅店偶成

灯光吹去夜朦胧，暖榻拥衾①睡味浓。
宿处不知临寺近，枕边梦破一声钟。

【注释】

①衾：被子。

同刘兄登狮子沟山[①]

（一）

惠风[②]吹得野花开，携伴闲游亦快哉。
更上一峰高处望，教人仿佛到天台。

【注释】

①狮子沟山：承德东北郊狮子沟村附近的山。

②惠风：柔和的风。

（二）

亦趋亦步亦皇皇[1]，欲到云间万仞冈[2]。

不是天台今日到，如何结伴有刘郎[3]。

【注释】

①皇皇：同“遑遑”，指匆忙。

②万仞冈：万仞，古代八尺为一仞，万仞谓山极高。

③刘郎：或为作者的朋友。暗用刘阮典故。南朝宋刘义庆《幽明录》载：东汉刘晨、阮肇在天台山遇仙，归来已是晋代。后刘等重访天台山，旧踪渺然。

游狮子沟[①]

（一）

寻他古径下高峰，又入深云万壑松。
松外不知还有寺，峰头忽听暮烟钟。

【注释】

①狮子沟：位于承德避暑山庄东北郊，附近有外八庙古建筑群。

（二）

好山好水好楼台，记得君王万乘[①]来。

瑞气中峰今尚绕，才知此处是天台。

【注释】

①万乘：是万辆兵车的古文写法。周代制度规定，天子地方千里，能出兵车万乘，因以“万乘”指天子、帝王。

闰八月十五玩月

（一）

酌酒吟诗赏月来，两番弦管[1]闹楼台。

今年素娥[2]多辛苦，再把霓裳[3]唱一回。

【注释】

①弦管：弦乐器和管乐器。泛指乐器。唐崔亘《春怨》：“妾有今朝恨，君无旧日情。愁来理弦管，皆是断肠声。”

②素娥：嫦娥的别称。亦用作月的代称。

③霓裳（cháng）：《霓裳羽衣曲》的略称。《霓裳羽衣曲》是唐代的一首著名的法曲。唐白居易《琵琶行》：“轻拢慢捻抹复挑，初为《霓裳》后《六幺》。”

（二）

满天依旧月光寒，又是文箫[1]驾彩鸾[2]。

添上人间多少福，一秋两度赏团圞[3]。

【注释】

①文箫：传奇中的人名。传说唐大和年间，书生文箫中秋日游钟陵西山游帷观，遇见一美丽少女，口吟："若能相伴陟仙坛，应得文箫驾彩鸾。自有绣襦兼甲帐，琼台不怕雪霜寒。"双方相互爱慕，忽有仙童到来宣布天判："吴彩鸾以私欲而泄天机，谪为民妻一纪。"两人遂成夫妇，后来双双骑虎仙去。（见唐裴铏《传奇·文箫》）

②鸾（luán）：古代中国神话传说中凤凰一类的鸟。

③团圞（luán）：亦作团栾，圆貌。这里指团聚。唐杜荀鹤《乱后山中作》："兄弟团圞乐，羁孤远近归。"

宫营子[①]

车马劳劳欲远征[②]，亲朋祖饯[③]不胜情。

回头已觉山千叠，才是离家第一程。

【注释】

①宫营子：即今辽宁省朝阳市喀左县公营子镇。公营子之名始于清代，来自蒙古语。清朝初期，该地建有公爵王爷的行宫宅府，蒙古语称“宫根浩若”，意为公爵王爷的官府。汉语意译称公营子。

②车马劳劳欲远征：劳劳，辛劳；忙碌。唐元稹《送东川马逢侍御使回十韵》：“流年等闲过，人世各劳劳。”北宋梅尧臣《晓》：“人世纷纷事，劳劳只自为。”远征，意为征伐远方国家与地区，远道出征，又常常代指行走

远路。诗中指诗人去京赶考。

③祖饯：以酒饯行。古代饯行的一种隆重仪式，祭路神后，在路上设宴为人送行。诗中指诗人进京赶考前的饯行活动。唐李白《闻李太尉大举秦兵百万征东南懦夫请缨冀申一割之用半道病还留别金陵崔侍御十九韵》："群公咸祖饯，四座罗朝英。"

早行

烟树迷离路杳冥[①]，晓风残月短长亭。
此时记得家中卧，几度山妻[②]唤未醒。

【注释】

①杳冥：犹"渺茫"。

②山妻：隐士的妻子。后多用于自称妻子的谦词。

郡中暮春同汪琢岩游狮子沟[①]

（一）

转向烟花[②]胜处行，路旁楼阁接云平。
谁家少妇珠帘[③]里，墙外空闻笑语声。

【注释】

①郡中暮春同汪琢岩游狮子沟：郡，古代行政区域，始见于战国时期。中国秦代以前比县小，从秦代起比县大。郡县，汉又增四十六郡、二十一国，凡郡国一百有三。隋朝废郡制，以县直隶于州。唐朝设道、州、县，武则天时曾改州为郡，旋复之。明清称府。诗中“郡”指承德，乾隆四十三年（1778）始设承德府，下辖一州

五县，即平泉州、滦平县、丰宁县、建昌县、朝阳县、赤峰县。汪琢岩，许植椿的朋友，生平待考。狮子沟，位于承德。

②烟花：泛指绮丽的春景。唐杜甫《清明二首》（其二）：“秦城楼阁烟花里，汉主山河锦绣中。”

③珠帘：用线穿成一条条垂直串珠构成的帘幕。唐李白《怨情》：“美人卷珠帘，深坐颦蛾眉。但见泪痕湿，不知心恨谁。”

（二）

石林金碧忽交辉，塔势崚嶒[①]插翠微。
百丈[②]红尘飞不到，任他燕子一双归。

【注释】

①崚嶒（léng céng）：高耸突兀。南朝梁沈约《游钟山诗应西阳王教》：“郁律构丹巘，崚嶒起青嶂。势随九

疑高，气与三山壮。”

②百丈：极言高、深或远。

（三）

草满平芜[1]树接塘，至尊临幸有山庄[2]。

上林[3]毕竟韶华永，流得温泉出苑墙。

【注释】

①平芜：草木丛生的平旷原野。

②至尊临幸有山庄：至尊，至高无上的地位，皇帝的代称。临幸，谓帝王亲临。山庄，指承德避暑山庄。康熙、乾隆、嘉庆、道光、咸丰皇帝都曾到过避暑山庄。

③上林：指上林苑，汉武帝刘彻于建元三年（前138）在秦代的一个旧苑址上扩建而成的宫苑，规模宏伟，宫室众多，有多种功能和游乐内容。上林苑是中国历史上最负盛名的苑囿之一，位于汉都长安郊外（今西安附近），今已无存。

（四）

石桥东畔画楼[①]西，媚紫娇红夹小溪。

十里鸟声啼不断，一帘斜挂绿杨堤。

【注释】

①画楼：避暑山庄一景。

咏初秋新月

清浅银河迥[①]不流，纤纤素娥[②]挂新秋。

想因天上佳期近，巧为天孙[③]作幔钩[④]。

【注释】

①迥：高远，差距很远。

②纤纤素娥：这里代指新月。纤纤，细长貌；柔细貌。素娥，嫦娥别称，代指月。

③天孙：诗中指皇帝的孙子。

④幔钩：帐幔的钩。

望边城①

宛转古城接翠苍，苦为南北判温凉。

人工真夺天工巧，世上于今说始皇。

【注释】

①边城：此处指长城。

无题[1]

（一）

满径落红[2]翻，前因证溷藩[3]。

风声香有怨，人意淡无言。

莫扫飞来影，犹留化去魂。

东皇[4]曾宠顾，虽谢亦知恩。

【注释】

①无题：原诗无题目无分段，“无题”系注者加。此四首“（一）”“（二）”“（三）”“（四）”为注者加。

②落红：落花。元高克恭《过信州》：“风送落红搀马过，春风更比路人忙。”清龚自珍《己亥杂诗》：“落红不是无情物，化作春泥更护花。”

③溷藩：厕所和篱笆。

④东皇：指司春之神。

（二）

空对月黄昏，芳园早闭门。
燕莺谁写怨，蜂蝶亦消魂。
不受风霜苦，谁知雨露恩。
残香兼剩粉，一树碧无痕。

（三）

薄命真难解，红颜别恨多。
凭天沾雨露，满地惹风波。

物理[1]应如此，人心惜奈何。
光阴何太速，春色梦中过。

【注释】

①物理：事物的内在规律；事物的道理。

（四）

惆怅对东风，闲庭落软红[1]。
香飘烟影外，春去雨声中。
□悟真皆幻[2]，由来色是空。
荣枯归气数[3]，切莫怨天工[4]。

【注释】

①软红：原意和红尘一样，是指绵软的尘土；后来因为尘土飞扬是热闹的特点，所以代指俗世的繁华热闹；

也有用这个词来表示柔和的红色。此诗中指落叶。

②□悟真皆幻：抄本上缺一字。或“悟□真皆幻”。

③气数：节气与度数。亦指气运，命运。

④天工：天的职任。

香闺[①]八怨

晓起

铜壶玉漏[②]报残更，孤枕一宵梦未成。
每恨梁间闻燕语，与谁床上说鸡鸣。
仙郎[③]漂泊游千里，云鬓蓬松[④]过半生。
更有封姨[⑤]不解意，隔窗偏送卖花声。

【注释】

①香闺：指青年女子的内室；亦指青年女子。宋柳永《临江仙引·渡口》：“香闺别来无信息，云愁雨恨难忘。”唐司空图《冯燕歌》：“传道张婴偏嗜酒，从此香闺为我有。”

②铜壶玉漏：铜壶，古代铜制壶形的计时器。唐顾况《乐府》：“玉醴随觞至，铜壶逐漏行。”宋王安石《春寒》：“冰残玉甃泉初动，水涩铜壶漏更长。”玉漏，古代计时漏壶的美称。宋杨万里《病中夜坐》：“玉漏听来更二点，烛花剪了晕重开。”

③仙郎：借称俊美的青年男子。多用于爱情关系。宋刘过《沁园春·美人指甲》：“风流甚，把仙郎暗掐，莫放春闲。”

④云鬟蓬松：形容头发松散杂乱。唐陆龟蒙《自怜赋》：“首蓬松以半散，支棘瘠而枯疎。”

⑤封姨：风神。详见《黄莺儿·秋千》“封姨”注释。

午眠

春慵欲补掩朱扉[①]，午睡香薰锦绣帏。

攲枕不看莺对舞，垂帘怕见蝶双飞。

多情婢[②]未床头问，可意人从梦里归。

天已斜阳侬[③]尚卧，卧中韵事[④]尚非非[⑤]。

【注释】

①朱扉：红漆门。南朝陈徐伯阳《日出东南隅行》："朱城璧日启朱扉，青楼含照本晖晖。"宋柳永《蝶恋花·凤栖梧》："玉砌雕阑新月上，朱扉半掩人相望。"

②婢：婢女。

③侬：吴语经典特征字，本意是人，在部分吴语区（上海、绍兴、宁波等）表示"你"。

④韵事：风流韵事。

⑤非非：比喻不切实际的幻想。

晚妆[1]

绣幕[2]围香自一家，晚妆楼上日西斜。

眉痕画月横新黛[3]，鬓影堆云点暮鸦[4]。

过客[5]曾传郎[6]有信，旁人莫笑妾[7]簪花。

暂时抛却离愁[8]去，不待来朝[9]玉貌夸。

【注释】

①晚妆：因一般为夜生活而化妆，因此被称为晚妆。

②幕：抄本为“幙”，古通“幕”。

③黛：青黑色的颜料，古代女子用来画眉。

④鬓影堆云点暮鸦：形容妇女鬓发美如乌云，黑如乌鸦。暮鸦，比喻鬓影像暮色中的乌鸦。

⑤过客：指过路的人。

⑥郎：代表丈夫。

⑦妾：谦辞，旧时女人自称。

⑧离愁：离别的愁苦。南唐李煜《相见欢》："无言独上西楼，月如钩。寂寞梧桐深院锁清秋。 剪不断，理还乱，是离愁。别是一般滋味在心头。"

⑨来朝：明早。宋范大成《豫章南浦亭泊舟二首》（其一）："来朝风一席，随处且浮家。"

夜坐

魂消梦寂泪偷弹，凉夜萧条[①]吊影[②]单。
玉漏声沈[③]孤枕冷，金炉香尽一灯残。
琴逢怨女[④]无心弄，月对离人[⑤]不忍看。
欲把清砧[⑥]阶上试，薄衣难耐五更寒。

【注释】

①萧条：指寂寥冷清的样子。

②吊影：吊，慰问。吊影，只有自己的身子和影子在一起互相慰问，形容非常孤单，没有伴侣。喻指孤独寂

寞。唐白居易《望月有感》：“吊影分为千里雁，辞根散作九秋蓬。”

③沈（chén）：意同“沉”。

④怨女：大龄而未嫁人的女子。

⑤离人：指离别的人。是古代文人们常用的一个词语，常代表伤感，形容离开家乡的人，用以表达对家乡的依依不舍。亦指远游之人的妻子。梁元帝萧绎《春别应令诗四首》（其四）：“日暮徙倚渭桥西，正见凉月与云齐。若使月光无近远，应照离人今夜啼。”

⑥清砧：捶衣石的美称。

寻春

眉带愁痕面带娇，强扶婢子赏花朝[①]。
牡丹有幸金莲蹴[②]，杨柳多情玉手招。
生怕渔郎[③]窥绿水，莫随游女[④]过红桥。
寻春兴尽宜归去，休待狂风逐我飘。

【注释】

①花朝：相传农历二月十二为百花生日，称为“花朝”。

②金莲蹴：金莲，旧指缠足妇女的小脚。蹴（cù），踢、踏。

③渔郎：打鱼的年轻男子。唐许浑《灞上逢元九处士东归》：“旧交已变新知少，却伴渔郎把钓竿。”

④游女：出游的女子。《诗经·汉广》：“汉有游女，不可求思。”汉郑玄笺：“贤女虽出游流水之上，人无欲求犯礼者。”

避暑

杨柳垂阴夏日长，离人寂寂坐兰房[①]。
调残冰水无公子，雪尽藕丝只女郎。
总有微凉生枕簟[②]，依然余热贮心肠。
含情暂把红楼上，风送荷花十里香。

【注释】

①兰房：犹香闺。旧时妇女所居之室。南朝陈陈叔宝《采莲曲》：“归时会被唤，且试入兰房。”

②枕簟（zhěn diàn）：枕席，泛指卧具。宋黄庭坚《次韵曾子开舍人游藉田载荷花归》：“扫堂延枕簟，公子气翩翩。”

悲秋

腮边尽日泪横流，况复来朝又是秋。
妾有痴情虫欲诉，郎无归信雁空留。
风声凄切休开户[①]，月影团圞莫上楼。
弹罢玉琴衣再捣，暮天寒夜写离愁。

【注释】

①户：门。

消寒

妆楼绣榻满尘埃，耐过残秋冬又来。
雪暖虽能成好梦，天寒无处问阳台①。
最怜菊色含愁老，生②憎梅花带笑开。
骨彻凉风心却热，望郎不到几徘徊。

【注释】

①阳台：战国宋玉《高唐赋序》："昔者先王尝游高唐，怠而昼寝，梦见一妇人，曰：'妾巫山之女也，为高唐之客，闻君游高唐，愿荐枕席。'王因幸之。去而辞曰：'妾在巫山之阳，高丘之岨，旦为朝云，暮为行雨，朝朝暮暮，阳台之下。'"后遂以"阳台"指男女欢会之所。

②生：平生、从来、平素。

一枝红杏出墙来·得红字五言八韵[①]

淡薄胭脂抹，名园朱槛[②]东。
墙余三面粉，杏逗一枝红。
薜荔[③]斜垂外，仙人独立中。
谁家听夜雨，别院散香风。
影自孤芳赏，妆应半面工[④]。
烟花迷仲子[⑤]，春色恼邻翁。
绛雪[⑥]青桑衬，绯霞碧草烘。
牧童遥指处，几点锦云笼。

【注释】

①五言八韵：即五言八韵诗，古代一种诗体，即试帖诗，亦叫“赋得体”，以题前常冠以“赋得”二字得名。

起源于唐代，多为五言六韵或八韵排律。

②朱槛：红色栏杆。唐白居易《百花亭》："朱槛在空虚，凉风八月初。"

③薜荔（bì lì）：常绿灌木，茎蔓生，果实球形，可做淀粉，捣汁可做饮料。简称"薜"，古书上指野麻。

④工：细致，精巧。

⑤仲子：对兄弟中排行为第二者的尊称。犹次子。《诗经·郑风·将仲子》："将仲子兮，无逾我里。"高亨注："仲，兄弟行列在第二的称仲。"宋王安石《示平甫弟》："万樯如山矹不动，嗟我仲子行亦止。"仲子，字子路，是孔子弟子。

⑥绛雪：比喻红色花朵。宋刘克庄《汉宫春·秘书弟家赏红梅》："拚醉倒，花间一霎，莫教绛雪离披。"

春兼三月闰

才罢兰亭会①，花风②又一巡。

不逢三月闰，哪得十分春。

【注释】

①兰亭会：农历三月初三，晋代王羲之、谢安、孙绰等贵族高官四十二人在会稽郡山阴县（今绍兴越城区）兰亭聚会宴咏，成就一段佳话。后泛指高朋群贤聚会。

②花风：花信风，即以花作为标志的花期，风报花之消息。元袁华《水调歌头·宴顾仲瑛金粟影亭赋桂》："三百六桥春色，二十四番花信，重会在苏州。"

夏日山村即事[①]

（一）

茅亭[②]初把晓帘开，山雨如烟断续来。
树色溟濛[③]云影扑，梢[④]头余点滴苍苔。

【注释】

①夏日山村即事：抄本作“夏日山村既事”，“既事”当为“即事”之误。今改。即事，意思是以当前事物为题材写诗。

②茅亭：用茅草搭建的凉亭，供人在内卖茶水和路人歇息。宋陆游《茅亭》：“终日坐茅亭，萧然倚素屏。儿圆点茶梦，客授养鱼经。”

③溟濛：朦胧，模糊不清。亦形容草木茂密。唐费冠卿《挂树藤》："蔓衍数条远，溟濛千朵垂。"

④梢：抄本为"稍"，属误笔。

（二）

寻来何处好眠琴[1]，村外千重绿树阴。

山作屏风云作帐，此间自喜暑难侵。

【注释】

①眠琴：眠，横卧，平放。眠琴就是横琴演奏的意思。唐司空图《诗品二十四则·典雅》："玉壶买春，赏雨茆屋。坐中佳士，左右修竹。白云初晴，幽鸟相逐。眠琴绿阴，上有飞瀑。"

（三）

波摇金影涨深溪，细雨初晴日未西。

吟罢新诗心自静，坐看轻燕掠长堤。

（四）

行过溪边步暂留，听来野外起田讴[①]。

老翁稚子携筐筥[②]，收尽黄云[③]麦垄[④]秋。

【注释】

①讴：民歌。《说文》：“讴，齐歌也。”这是指人民因能吃饱饭而一起赞颂天地和帝王。

②筥（jǔ）：盛物的圆形竹筐。《诗经·采蘋》：“于以盛之，维筐及筥。”

③黄云：形容成熟的金黄的麦田。

④垄：抄本为“陇”，古通“垄”。

（五）

午梦初醒侧耳听，声声好似打窗棂。
卷帘看去无人迹，树里棋枰敲不停。

（六）

泉声淅沥涧中流，缓步寻源自在游。
水气清凉林气静，夏先觉得一分秋。

（七）

绿杨阴里啭黄鹂，宛转笙簧[1]处处吹。
听到斜阳声欲歇，却能贮我半腔诗。

【注释】

①笙簧：指笙。譬喻鸟鸣婉转悦耳。

（八）

层峦叠嶂绿云浮，百道红泉石上流。
冲破青烟凭雪浪，天然组练[1]挂峰头。

【注释】

①组练：练，白绢。组练原指古时车卒与步兵穿的战服。借指精锐部队或军士的武装军容。诗中“组练”指白云。

无题[①]

柘馆蚕祈久[②]，宫妃[③]蝶扑频。
雨留前度客，诗醉旧游人。
节序时当巳[④]，星躔斗指辰[⑤]。
华林仍试马[⑥]，洛水[⑦]尚携宾。
蓂荚[⑧]烟常满，梧桐叶早新。
定时勤圣意，朝野沐恩淳。

【注释】

①无题：抄本无题目，“无题”系校注者加。抄本此诗前缺失一页，疑此诗题目及前四句诗缺失。

②柘馆蚕祈久：柘馆，汉代上林苑嫔妃所居之馆。蚕祈，祭祀蚕神。

③宫妃：指宫中的妃妾、女侍。

④巳：从干支历的月序看，是农历四月。

⑤星躔斗指辰：星躔（chán），是指日月星辰运行的度次。辰，指三月。斗指辰，是斗柄指向辰位三月。

⑥华林仍试马：试马，出自典故“柳营试马”。乾隆帝有“华林底试马，郊棷已游麟”诗句。

⑦洛水：通常指的是洛阳市的洛河，洛水是黄河下游南岸一大支流。

⑧蓂荚：古代传说中一种表示祥瑞的草。因根据蓂荚草的更换能知道日月变化，一名历荚。《竹书记年·陶唐氏》称尧时“蓂荚阶而生，随月生死。每月朔日生一荚，至月半则生十五荚。至十六日后，日落一荚，至月晦而尽。若月小则余一荚，厌而不落，以是占日月之数”。班固《白虎通·封禅》记载：“日历得其分度，则蓂以荚生

于阶间。蓂荚，树名也，月一日生一荚，十五日毕；至十六日去荚，故荚阶生似日月也。”所以中国产生了独特的二十四节气。

梨花淡白柳深青

云淡春深地，花风[①]不暂停。
梨翻千树白，柳舞半天青。
蝶粉新眉扫，莺声静女[②]听。
香添寒食[③]雨，烟锁读书庭。
雨气红楼[④]暗，云光晓梦醒。
满城沉湿翠，带月点繁星。
冷艳孀闺[⑤]妇，浓阴送客亭。
龙池[⑥]飞絮处，玉笛响玲珑[⑦]。

【注释】

①花风：详见《春兼三月闰》里“花风”的解释。

②静女：静，娴静。静女指文雅的姑娘。

③寒食：即寒食节。亦称“禁烟节”“冷节”，清明节前一二日。是日初为节时，禁烟火，只吃冷食，并在后世的发展中逐渐增加了祭扫、踏青、荡秋千、蹴鞠、牵钩、斗鸡等风俗。寒食节前后绵延两千余年，曾被称为民间第一大祭日。

④红楼：泛指华美的楼房。亦指富贵人家女子的住房。唐白居易《秦中吟》：“红楼富家女，金缕绣罗襦。”宋王庭珪《点绛唇》：“花外红楼，当时青鬓颜如玉。”

⑤孀闺：寡妇的居处。唐白居易《红岸梨》：“最似孀闺少年妇，白妆素袖碧纱裙。”

⑥龙池：既是地名，也是舞曲名。《旧唐书·音乐志》载：“玄宗龙潜之时，宅在隆庆坊。”“玄宗正位，以坊为宫，池水逾大，弥漫数里。”又据《新唐书·音乐志》载：“初，帝赐第隆庆坊，坊南之地变为池，中宗常泛舟以厌其祥。帝即位，作龙池乐，舞者十二人，冠芙蓉冠，蹑履，备用雅乐，唯无磬。”

⑦玉笛响玲珑：玉笛，笛子的美称。玲珑，拟声词。玉，泛指清越的声音。

过古北口见长城有感十二韵[①]

两山相向处，关隘镇崖中。
水凿龙门险，城开鸟道通。
残砖消夜雨，败石坠秋风。
锁钥严重郭[②]，人家住半空。
峰危垣欲欹，地险势逾雄。
本是炎凉界，翻疑[③]造化工。
蜿蜒凌峭壁，曲折挂长虹。
力想秦民[④]苦，祠传宋将[⑤]忠。
一墙分内外，万里尽西东。
久计谋由吕[⑥]，奇勋建自蒙[⑦]。
昔年留古迹，后代说迂功[⑧]。
四海承平[⑨]日，停鞭[⑩]看塞鸿。

【注释】

①过古北口见长城有感十二韵：抄本为“过古北口见长城见感十二韵”，在“见”字旁有小三角，现改为“过古北口见长城有感十二韵”。此诗应为诗人去京路上过古北口时所作。

②锁钥严重郭：锁钥，“京师锁钥”的简称。严，严密，紧密。重郭，指钱孔四周之突出部分有两重。诗中指古北口地形。

③翻疑：反而怀疑。“翻”意同“反”。

④秦民：秦朝百姓。

⑤祠传宋将：指宋将祠，今古北口杨令公庙。

⑥吕：指吕不韦。战国末年政治家、思想家，官至秦国丞相。

⑦蒙：指蒙恬。秦始皇三十二年（前 215），大将蒙恬率 30 万大军北击匈奴，取河南地，其后筑起西起临洮（今甘肃岷县），东止辽东（今辽宁省），蜿蜒一万余里的长城。自秦始皇筑长城之后，始有“万里长城”之称。

⑧迂功：迂，本意是指曲折，绕远，引申义是言行或见解陈旧不合时宜，迂腐。

⑨承平：太平。唐鲍防《杂感》："汉家海内承平久，万国戎王皆稽首。"

⑩停鞭：驻足，停下。唐高适《别孙訢》："屈指论前事，停鞭惜旧游。"

月中桂

桂枝何处好，宛在月中央。
未老千年树，常飘万古香。
花开非待雨，子[①]落不知霜。
蕊阙[②]冰辉[③]白，珠宫[④]栗色黄。
萧疏因晦朔[⑤]，盈满定芬芳。
天上根曾托，人间首屡昂[⑥]。
丹心孤镜[⑦]照，碧露一轮凉。
愿借云梯迥[⑧]，攀来近帝乡[⑨]。

【注释】

①子：种子。

②蕊阙（què）：也称蕊宫，即珠蕊宫，传说中仙人所居之宫。

③冰辉：清冷的光辉。唐李群玉《古镜》："冰辉凛毛发，使我肝胆冷。"

④珠宫：龙宫。

⑤萧疏因晦朔：萧疏，清冷疏散，稀稀落落的。晦，农历每月月末的一天；朔，农历每月月初的一天。晦朔即农历月末至月初。宋苏轼《再游径山》："白云何事自来往，明月长圆无晦朔。"

⑥人间首屡昂：首，头。屡，接连着，不止一次。昂，古同"仰"，抬，抬起。

⑦孤镜：指月亮。

⑧迥：高远。

⑨帝乡：天宫。神话中天帝住的地方。

悔教夫婿觅封侯[1]

所觅成何事，年年好浪游[2]。
美人难作婿，壮士几封侯[3]。
愿早乘龙[4]惬，功谁汗马[5]酬。
谬夸金印[6]大，想煞玉关[7]秋。
苏氏[8]文空寄，班生[9]笔误[10]投。
徒知征汉塞[11]，孰与伴秦楼[12]。
纵便前程远，安禁此夜愁。
归来衣锦否，怅望大刀头[13]。

【注释】

①悔教夫婿觅封侯：出自唐王昌龄《闺怨》："闺中少妇不知愁，春日凝妆上翠楼。忽见陌头杨柳色，悔教

夫婿觅封侯。”悔教，后悔让。觅封侯，为求得封侯而从军。觅，寻求。

②浪游：漫游，无目的地四方游荡。唐杜牧《见穆三十宅中庭海榴花谢》：“堪恨王孙浪游去，落英狼藉始归来。”

③封侯：封拜侯爵。

④乘龙：比喻得佳婿。

⑤汗马：指战马奔走而出汗，喻指劳苦征战，亦指立的战功。汗马也可作汗血宝马的简称，指骏马，亦指战马。

⑥金印：指旧时帝王或高级官员金质的印玺，亦借指官职。

⑦玉关：即玉门关。

⑧苏氏：苏武。

⑨班生：指汉代班超。班超投笔从戎，出关征战，因立功异域著称。

⑩误：抄本为“悟”，异体字。

⑪汉塞：本意指汉朝的边塞，泛指国家的边塞或边城。亦指长城。

⑫秦楼：指闺楼。

⑬大刀头：典出《汉书·李陵传》。刀环在刀之头，后即以“大刀头”作为“还”字的隐语。

春雪

烟树苍茫入画图，开门满地雪平铺。
春泥埋草才添润，老树著花[①]不厌枯。
竹径踏残芒屩[②]响，梅梢压折软风[③]扶。
诗成尚觉无多趣，更嘱家童把酒沽[④]。

【注释】

①老树著花：老树开花，繁花似锦。北宋梅尧臣《东溪》：“野凫眠岸有闲意，老树着花无丑枝。”

②芒屩（juē）：草鞋。

③软风：微风，和风。

④沽：买。多指买酒。唐李白《将进酒》："主人何为言少钱，径须沽酒对君酌。"

明妃[1]出塞

不用三军[2]用美人，君王底事[3]爱和亲。
眉痕蹙断胡天月[4]，泪雨流残汉苑春。
莫悔画图欺女子，能安边塞亦功臣。
琵琶一曲悲千古，青冢[5]魂归暮草新。

【注释】

①明妃：汉元帝宫人王嫱，字昭君，晋代避司马昭讳，改称明君，后人又称之为明妃。唐杜甫《咏怀古迹五首》（其三）："群山万壑赴荆门，生长明妃尚有村。"

宋王安石《明妃曲》："明妃初出汉宫时，泪湿春风鬓脚垂。"

②三军：春秋时，大国的军队分为中军、上军、下军（也有称中军、左军、右军的），后泛指军队。

③底事：何事。宋张元干《贺新郎·送胡邦衡待制赴新州》："底事昆仑倾砥柱，九地黄流乱注。"

④胡天月：胡，中国古代称北边的或西域的民族，亦泛指胡人居住的地方。胡天月指胡人地域夜空中的月亮。唐温庭筠《苏武庙》："云边雁断胡天月，陇上羊归塞草烟。"

⑤青冢："青冢"一词，出自对杜甫诗的一条注解：北地草皆白，唯独昭君墓上草青如茵，故名青冢。冢指高大陵墓，这"青冢"便是个别致的专用词。昭君墓，一说在呼和浩特市南9千米大黑河南岸的冲积平原上，一说在晋西北与内蒙古接壤的朔州市朔城区南榆林乡青钟村。《朝阳文学史》中收录此诗，写作"春冢"，乃笔误。

吊李广[①]

底事封侯不到君，将军仍是故将军。
马嘶紫塞[②]弓开月，虎卧蓝田[③]箭破云。
百战无功激愤语，几人有泪泣劳筋[④]。
英雄夜猎今何处，风冷南山日又曛[⑤]。

【注释】

①吊李广：吊，凭吊。谓对着遗迹遗物感慨往古的人或事。李广，西汉时期的名将。任边郡太守达四十余年，为保卫汉代的北部边境立下汗马功劳。《史记·李将军列传》载："广居右北平，匈奴闻之，号曰汉之'飞将军'，避之数岁，不敢入右北平。"右北平郡，西汉的郡治在平刚县（一说今辽宁省凌源市西南）。

②紫塞：指长城，北方边塞。晋崔豹《古今注都邑》：“秦筑长城，土色皆紫，汉塞亦然，故称紫塞焉。”

③蓝田：陕西省蓝田县。也有观点解释为峣关。

④劳筋：成语“劳筋苦骨”的略语，谓劳动繁重，使筋骨疲劳痛苦。用典出自东汉班固《汉书·王褒传》：“故工之用钝器也，劳筋苦骨。”

⑤风冷南山日又曛：风冷南山，指李广无职在家的典故。曛（xūn），落日的余光。日又曛，指皇帝又起用他。

书斋偶成

骚人[①]独坐似山僧[②]，寂寂茅庵树几层。
帘影半悬闲引燕，窗纱密护怕来蝇。
吟如得意频弹指，睡亦无时惯曲肱[③]。
终日优游[④]无个事，看花常把小栏凭[⑤]。

【注释】

①骚人：指多愁善感的诗人，泛指忧愁失意的文人。

②山僧：住在山寺的僧人。

③曲肱：指弯着胳膊作枕头。多用以比喻清贫而闲适的生活。

④优游：悠闲，生活得十分恬适。

⑤看花常把小栏凭：抄本作“看花长把小栏冯”。“长”有误，应为“常”。“冯”为“凭”的本字。

林外莺声似管弦

上苑[①]花初发，莺簧[②]正奏春。

声飞林以外，闻到水之滨。

宛尔[③]赓仙乐，鉴然出俗尘。

泠泠[4]清剔耳，呖呖韵缠身[5]。

楚馆[6]音难赏，钧天[7]梦未真。

只缘丝竹润，故尔柳烟新。

雅拟心求友，谁遑[8]舌媚人。

愿问鸾佩[9]客，吟咏颂枫宸[10]。

【注释】

①上苑：皇家的园林。

②莺簧：黄莺（黄鹂）的鸣声，以其声如笙簧奏乐，故称。

③宛尔：宛然，形容微笑。

④泠泠：抄本为“冷冷”，应为抄者笔误。

⑤呖呖韵缠身：呖呖（lì lì），形容鸟类清脆的叫声。抄本此句旁有小字“莺声管弦是一是二”一行。

⑥楚馆：旧时指歌舞场所。

⑦钧天：“钧天广乐”的略语，指天上的音乐。明陈汝元《金莲记·弹丝》：“调出广寒，声同钧乐。”清魏源《天台纪游六首·石梁飞瀑》：“梦闻钧天乐，于彼水晶宅。”

⑧遑（huáng）：闲暇。

⑨鸾佩：雕有鸾鸟的玉佩。唐李贺《梦天》："玉轮轧露湿团光，鸾佩相逢桂香陌。"

⑩枫宸：宫殿。宸，北辰所居，指帝王的殿廷。汉代宫廷多植枫树，故有此称。清钱谦益《狱中杂诗》之六："岂有孤臣淹棘木，漫劳温旨下枫宸。"

清明烟火新

才过寒食节，乐赏赐榆[1]晨。
绣户蒸花爨[2]，吟亭[3]酒煮春。
烟迷金谷[4]鸟，香醉玉街[5]人。
昨夜青灯暗，今朝翠灶新。
涵郊清气象[6]，扑里暖风尘。
挂影云间鹤，抽光鼎畔薪[7]。
绿浑鹦鹉目，红燎杜鹃身。
晏饮[8]承恩后，班联[9]谢紫宸[10]。

【注释】

①赐榆：唐代皇帝到寒食节（有说清明节）时赏赐近臣榆柳之火，以示皇恩，习称寒食赐火。

②绣户蒸花爨：绣户，指富户。清李渔《闲情偶寄·声容·治服》："凡予所言，皆贵贱咸宜之事，既不详绣户而略衡门，亦不私贫家而遗富室。"爨（cuàn）：a. 烧火做饭。《广雅》：爨，炊也。b. 灶：宋范成大《栾城》："颓垣破屋古城边，客传萧寒爨不烟。"

③吟亭：吕洞宾吟诗的地方，位于君山龙口左侧的龙腭山顶。

④金谷：为晋代富豪贵官石崇的别墅园林，其址在今河南洛阳西北金谷涧中。石崇多姬妾，其最宠爱的绿珠也居于此。后石氏势败被逮，绿珠即在金谷坠楼而死。后世多用金谷咏贵族园林，亦往往借以寄盛衰无常的盛况。

⑤玉街：天街的美称。泛指天界。

⑥象：抄本为"像"。

⑦鼎畔薪：鼎，古代烹煮用的器物，一般三足两耳；亦指锅。薪，柴火。

⑧晏饮：晏同“宴”。谓聚会欢饮。宋欧阳修《群玉殿赐宴》：“图书开秘府，宴饫集群英。”

⑨班联：朝班的行列。抄本为“联班谢紫宸”，“联班”应为抄者颠倒，现正之。

⑩紫宸：宫殿名，天子所居。借指帝王、帝位。

前题[①]

禁火三朝[②]后，烟光[③]比屋[④]新。
普天皆丽境，无地不芳尘。
社饭[⑤]桃花灿，家醅[⑥]竹叶醇。
波煎金鼎雪，香暖玉壶春。
翠幕搜诗品，晴郊醉草茵。
楼台风雅处，箫管乐嘉宾。
韵乃莺吹舌，焚然蝶化身[⑦]。
如云阡陌上，都是踏青人。

【注释】

①前题：与前首诗的题目相同。

②三朝：三日。唐李白《上三峡》：“三朝上黄牛，三暮行太迟。三朝又三暮，不觉鬓成丝。”

③烟光：意思是云霭雾气。这里指春光。

④比屋：所居屋舍相邻。家家户户。

⑤社饭：自古有之，是中国汉、土家、苗、侗族等民族祭祀社稷的一种食品。吃社饭，主要在社日（即立春后第五个戊日）进行，民间习惯称为“过社”“拦社”等。戊日属土，所以这天是祭祀土地菩萨的日子，人们以祈年景顺利，五谷丰登，家运祥和。

⑥家醅：自家酿的酒。

⑦蝶化身：出自宋高翥（zhù）《清明日对酒》：“纸灰飞作白蝴蝶。”

春色满园关不住

缕续香潜动，春光欲出园。
一枝新弄影，半面暗消魂。
漫度红罗帐[①]，偷窥绿锁门。
所思空有迹，切问默无言。
院外飞花片，墙边落粉痕。
衣牵芳草细，心系碧烟繁。
玉蝶[②]乘风逐，金莺趁晓论[③]。
宫槐[④]能自守，常沐紫宸[⑤]恩。

【注释】

①红罗帐：红色的纱帐。以前结婚时，床四周挂的都是红色的帷幔、纱帐。

②玉蝶：蝴蝶的美称。

③论：抒发出来、表达出来。

④宫槐：指槐树。据《周礼》，周代宫廷植三槐，三公位焉，故后世皇宫中多栽植槐树，故称。南朝梁元帝《漏刻铭》："宫槐晚合，月桂宵晖。"唐王维《宫槐陌》："仄径荫宫槐，幽阴多绿苔。应门但迎扫，畏有山僧来。"宋黄庭坚《次韵王荆公题西太乙宫壁二首》（其二）："晚风池莲香度，晓日宫槐影西。"

⑤紫宸：指皇帝。详见《清明烟火新》"紫宸"注释。

细柳营赏军①

天子亲临赏，将军甲胄参②。
銮舆③行缓缓，虎队视眈眈④。
月斧锋朝北⑤，星旗⑥斗指南。
谁来迎凤诏⑦，未许驻龙骖⑧。
鼓震连营五，金鸣约法三。

英明文帝⑨度，雄略雅夫⑩堪。

壩上⑪如儿戏，云中⑫若梦酣。

阵门排细柳，萧瑟战尘涵。

【注释】

①细柳营赏军：细柳营，是指周亚夫当年驻扎在细柳的部队。《史记·绛侯周勃世家》载，汉文帝后元六年（前158），军臣单于绝和亲之约，对汉发动战争。汉文帝刘恒率军进驻飞狐（今山西上党），置三将军，其中命河内守周亚夫驻屯细柳，祝兹侯徐悍驻棘门，宗正刘礼驻霸上，保卫长安。由于周亚夫治军有方，最后赢取了胜利，所以他的部队被称为细柳营。赏军，指汉文帝刘恒犒劳三军将士。

②将军甲胄参：甲胄，亦称介胄，即铠甲和头盔。古代将士的防护性装置。参，参见。“将军甲胄参”即将军穿戴盔甲参见皇帝。

③銮舆：也叫銮驾，指皇帝的坐驾。

④虎队视耽耽：虎队，比喻勇猛的军队。唐孟郊《猛将吟》：“虎队手驱出，豹篇心卷藏。”耽耽，即眈眈，威

严注视貌。亦形容贪婪地注视。《易·颐》："虎视眈眈，其欲逐逐。"

⑤月斧锋朝北：月斧，指仙斧、神斧。亦是斧名。刃口呈偃月形，故名。诗中指汉朝官兵抵抗入侵长安的北方匈奴。

⑥星旗：星名。指参旗九星，亦指太白金星。

⑦凤诏：即诏书。晋陆翙《邺中记》："石季龙与皇后在观上，为诏书五色纸，著凤口中，凤既衔诏，侍人放数百丈绯绳，辘轳回转，凤凰飞下，谓之凤诏。凤凰以木作之，五色漆画，脚皆用金。"宋宋祁《中山公损疾二首》(其一)："批成诏凤多焚草，戏入仙禽不乱行。"

⑧龙骖：骖（cān），古代驾在车前两侧的马。龙骖，指皇帝的车驾。

⑨文帝：指汉文帝刘恒。

⑩雅夫：指周亚夫。

⑪壩上：古地名，亦作灞上、霸上，又名霸头，因地处霸水西高原上得名，在今陕西西安市东。

⑫云中：古郡名，原为战国赵国地。秦时置郡，治所在云中。

吴季子挂剑[1]

挂剑新坟树，心交吊礼[2]严。
死生能惠友，贪吝[3]不伤廉。
月斗龙蛇现，风鸣虎豹觇[4]。
光分花露表，星射晓峰尖。
黄土幽魂慰，青郊[5]壮气添。
千金非我惜，三尺[6]为君占。
过客情难置，啼鹃泪欲沾。
贤哉吴季子，信义胜锋铦[7]。

【注释】

①季子挂剑：季子，即季札。季札（前576—前484），姬姓，寿氏，名札，周朝吴国人。又称公子札、

延陵季子、延州来季子、季子，《汉书》中称为吴札，春秋时吴王寿梦第四子，封于延陵（今常州）等。季子挂剑历史典故出自《史记·吴太伯世家》：春秋时代，吴王馀祭四年（前544），吴国公子季札出使鲁国。途经徐国，徐君喜爱季札的佩剑，有心索取，却难以启齿。季札明白徐君的心意，决定把剑赠送给他，但因佩剑出使是一种礼仪，只好待其归来，才能了此心愿。不幸的是，季札返回时徐君已死。季札为兑现内心的许诺，便将宝剑挂在徐君墓前的树上走了。

②吊礼：吊丧的礼制，古时凶礼之一。

③贪吝：指贪婪吝啬，诗中吴季子没有当时赠给徐君宝剑。

④觇（chān）：看，偷偷地察看。

⑤青郊：指春天的郊野。唐陈子昂《三月三日宴王明府山亭》：“青郊树密，翠渚萍新。”

⑥三尺：本是长度单位，古代也指剑与法律，还代指人自身。

⑦铦（xiān）：指古时的一种兵器。

买丝绣作平原君[1]

岂少佳公子，平原更慕殷。
曲身能下士[2]，绣像欲传君。
慷慨须眉现，风流剑佩芬。
金针组织巧，宝帐麝兰薰。
体拟翩翩制，人起碌碌群。
英雄生浊世，谈笑想将军。
莫问三千客[3]，谁怜十二裙[4]。
功名成底事[5]，未报窃符勋。

【注释】

①买丝绣作平原君：诗题指绣平原君像，出自唐代李贺的《浩歌》。平原君，赵氏，名胜。战国时期赵国宗室大臣，号平原君，著名的政治家，以善于养士而闻名，门下食客曾多达数千人。与齐国孟尝君田文、魏国信陵君魏无忌、楚国春申君黄歇合称“战国四公子”。

②曲身能下士：即礼贤下士。意思是指对贤者以礼相待，对学者非常尊敬。

③三千客：典出《史记》。齐国孟尝君、魏国信陵君、赵国平原君、楚国春申君四公子皆喜养士，门下号称有食客三千人。后遂以“三千客”形容门客众多。

④十二裙：就是十二裙钗，旧称十二个女子，唐代白居易《酬牛黑黯》中用“金钗十二行”借指女子排列众多。到了宋代沈立《海棠百韵》中就说“金钗十二，珠履客三千”。

⑤底事：解释为何事或此事。详见《明妃出塞》“底事”注释。

循名责实①

睿鉴②无私照，群工③各抱诚。
春秋真法律④，海岳⑤老功名。
不悟书难解，频磨镜自明。
意存归璧⑥志，耳洗量沙⑦声。
礼乐修身得，山河铸鼎成。
学参星角准，智用水心平。
状古金台⑧重，求珍铁网⑨轻。
一人垂诫训，百尔⑩沐恩荣。

【注释】

①循名责实：循，依照。责，要求。按照名称或名义去寻找实际内容，使得名实相符。典出《韩非子·定法》：

"术者，因任而授官，循名而责实，操生杀之柄，课群臣之能者也，此人主之所执也。"

②睿鉴：亦作"睿监"。御览；圣鉴。唐刘禹锡《夔州谢上表》："伏惟文武考德皇帝陛下，垂衣穆清，睿鉴旁达，三统交泰，百神降祥。"

③群工：群臣。明张居正《陈六事疏》："张法纪以肃群工，揽权纲而贞百度。"

④春秋真法律：春秋，泛指四时。《诗·鲁颂·閟宫》："春秋匪解，享祀不忒。"郑玄笺："春秋犹言四时也。"汉张衡《东京赋》："于是春秋改节，四时迭代。"法律，指自然法则。

⑤海岳：大海和高山。

⑥归璧："完璧归赵"的略写。

⑦量沙：典出《南史·檀道济传》："道济时与魏军三十余战多捷，军至历城，以资运竭乃还。时人降魏者具说粮食已罄，于是士卒忧惧，莫有固志。道济夜唱筹量沙，以所余少米散其上。及旦，魏军谓资粮有余，故不复追，以降者妄，斩以徇。"后以"量沙"为迷惑敌

人，安定军心之典。

⑧金台：黄金台的省称。比喻延揽士人之处。

⑨铁网：原意是渔民以铁网取珊瑚于水底。清乾隆皇帝开恩科，庚辰年（1760），时任会试总裁的蒋溥，在会试揭晓前画了一幅《抡元图》，会试、殿试考试被录取的第一名分别叫会元、状元，所谓抡元，就是考试高中第一名之意。蒋溥在题识中说："自将铁网撷珊瑚，颔下明珠探得无。闲写春元添绮语，一时香国入冰壶。"大意是自己主持春闱，为皇帝求贤，在名次揭晓前，闲来画个小盆，描几枝树干，结一硕大的香橼，再添几句小文，心无旁骛，一片冰心在玉壶。明朱存理著有《铁网珊瑚》，清代有《铁网珊瑚》初集至三集。

⑩百尔：意思是诸位。

杏花春雨江南

（一）

记得山阴客[①]，梅花雪里探。
雨声催巷北，春信报江南。
地胜千林艳，膏流[②]十里酣。
烟云归路好，消息昨朝谙[③]。
梦定红楼警，诗应白下[④]谈。
涨添湖水碧，村指酒旗蓝。
柳坞[⑤]分浓淡，桃枝衬[⑥]两三。
香风何处卖，日影一肩担。

【注释】

①山阴客：东晋时期著名书法家王羲之的代称。王羲之曾居会稽山阴（今浙江绍兴）。诗中指诗人自己曾到山阴做客。

②膏流：润泽、滋润。

③谙："悉"也。熟悉，知晓。

④白下：南京的别称。

⑤柳坞：柳树林。

⑥衬：意思是指在里面再挂上一层或搭配上别的东西。

（二）

杏花开及第，春色占江南。
翠滴烟千树，红飞雨一庵。
六朝[①]留景艳，十里布霖甘。
小巷谁家卖，深楼昨夜谙。
青迷山六六[②]，香润径三三[③]。
何处人频赏，前村酒正酣。

露浓霞焕④紫，溪涨水拖蓝⑤。

白下⑥归来客，新诗仔细谈。

【注释】

①六朝：一般是指中国历史上三国至隋朝期间南方的六个朝代。即孙吴（或称东吴、三国吴）、东晋、南朝宋（或称刘宋）、南朝齐（或称萧齐）、南朝梁、南朝陈这六个朝代。六朝京师均是南京（孙吴时期名为建业，西晋司马邺称帝后为避讳，改名建康）。

②山六六：a. 山的六倍三十六。b. 为巫山三十六峰。

③径三三：代指菊花。陶渊明有“冶冶溶溶三径色，风风雨雨九秋实”和“三径就荒，松菊犹存”的诗句。

④霞焕：指文采斐然。《晋书·文苑传赞》：“袁、庾、充、恺，缛藻霞焕。”唐骆宾王《上兖州刺史启》：“霞焕霜霏，澄虚鉴物。”

⑤拖蓝：溪水清澈，倒映蓝天，像拖曳着一条蓝色的带子。明代诗人舒祥《沂水拖蓝》诗云：“拖蓝曳练漾微波，百合泉来渐满河。”

⑥白下：南京的别称。

白门闲居有感（之二）[①]

枉尺[②]纷纷更枉寻，直躬[③]最是不宜今。
光分青白看人眼[④]，愁判炎凉阅世心。
得志英雄隆准剑[⑤]，赏音知遇伯牙琴[⑥]。
大鹏本具垂天翼，反惹莺鸠笑不禁[⑦]。

【注释】

①白门闲居有感（之二）：抄本《许植椿诗选》没有录《白门闲居有感》（之二），《朝阳文学史》收录此诗，可能是存一首、丢一首。白门，即寒门。《名贤集》："寒门生贵子，白屋出公卿。将相本无种，男儿当自强。"

②枉尺："枉尺直寻"的略语。枉，弯曲。直，伸直。寻，古量名，八尺，一说七尺。屈折的只有一尺，伸直

的却有一寻。比喻在小处委屈一些，以求得较大的好处。《后汉书·张衡传》：“枉尺直寻，议者讥之，盈欲亏志，孰云非羞？”

③直躬：“直躬救父”的略语。

④光分青白看人眼：即“青白眼”。典故出自《晋书·阮籍传》。

⑤隆准剑：隆准，即隆准公，指汉高祖刘邦。隆准剑，即刘邦佩戴的赤霄剑。赤霄剑是中国历史上著名的宝剑。

⑥伯牙琴：俞伯牙，春秋战国时期晋国的上大夫，精通琴艺。俞伯牙与钟子期的知音故事流传千古。伯牙鼓琴，钟子期听之。方鼓琴而志在太山，钟子期曰：“善哉乎鼓琴，巍巍乎若太山。”少选之间，而志在流水，钟子期又曰：“善哉乎鼓琴，汤汤乎若流水。”钟子期死，伯牙破琴绝弦，终身不复鼓琴，以为世无足复为鼓琴者。

⑦大鹏本具垂天翼，反惹鸴鸠笑不禁：戴言《朝阳文学史》中录为“大鹏本县重天翼，反惹莺鸠笑不禁”，“县”应为“具”之误，“重”应为“垂”之误，“莺”应为“鸴”之误。鸴鸠（xué jiū）：鸟名，即斑鸠，也称鸣鸠。多比喻小人。

进京赶考途中遇雨所作①

风吹猛雨哂飞尘，湿透征袍冷透身。

自笑不如田舍叟，倚门扶杖看行人。

【注释】

①进京赶考途中遇雨所作：这首诗是诗人的家传诗，在流传过程中，诗中第一句“风吹猛雨哂飞尘”出现了一个“哂”字。我们咨询了许多专家和学者，归纳起来有两种解释。

一种是多数人认为应为“哂”字，理由：口传读音是佐证；从诗句本身看与“自笑不如”呼应，应取哂笑之意。“哂”字出自《论语·侍坐》，孔子对弟子子路高调言志抱以善意的讥笑，文人耳熟能详。如此解通，足见用此字之巧妙。“飞尘”本是信马由缰闲散无争之态，对应“田舍叟”；“风吹猛雨”对应征袍裹身之人生境界，无须说哪种生存方式好，若能相济互补，岂不善哉！“哂”在此有嘲笑之意，也可引申为揶揄打趣。

另一种解释认为：在古诗中没有见过“雨哂尘”，而“雨洒尘”在古诗中可见，如韦应物的“微雨洒轻埃”，卢仝的“再饮清我神，忽如飞雨洒轻尘”。根据诗意应作“洒”。如果要改动的话，最好有版本依据，或者有较早时期的家谱等记载。因为“洒”和“哂”相误，应该是近几十年的事，以前“灑”不容易误写为“哂”。

我们倾向后种解释，留住历史痕迹。（许植椿第七代后人许宏勋注）

跋

邸玉超

中华诗词是中国人民情感抒发、美学创造的艺术载体，更是中华民族的文化瑰宝。同时，中华诗词也是一个地区文化的重要标志。

辽宁朝阳古称柳城、龙城，乃三燕故都，塞外文化重镇，但流传下来的古典诗词却凤毛麟角。因此，保存发现、挖掘整理历史上遗留下的传统文化，尤其是传统文化精髓的诗词曲赋，显得尤为重要。

2018年初，朝阳市文化人倪华杰在为朝阳文学馆整理捐献父亲遗物时，意外发现清朝举人诗词手抄本《许植椿诗选》。这是朝阳市迄今发现的第一本中华人民共和国成立以前的朝阳籍诗人的个人诗词集，也是东北地区为数不多的清朝诗人个人诗词作品集手抄本。可谓弥足珍贵。

许植椿字培之，号古樵，清嘉庆二十四年（1819）三月十五日出生于今辽宁省朝阳县西五家子乡三道沟村，卒于同治八年（1869）五月二十三日。道光二十四年（1844）甲辰恩科顺天乡试中式第二百三十二名举人。

抄本《许植椿诗选》长二十五厘米，宽十三厘米，计八十九页，宣纸，线装，字体全部为繁体字。根据诗集书写方式、内容、纸张、书法、装订、圈点等情况，可认定这个抄本不是许植椿亲笔抄录的手稿本，而是民国时期或清末的手抄本。《许植椿诗选》未刊行，此抄本是目前仅见的许植椿诗词集版本。《许植椿诗选》抄本的发现，为世人全面、准确了解和欣赏许举人的诗词作品提供了良机。

为了承前启后，早日把许植椿这位优秀诗人和这部珍贵的作品集推荐给所有热爱文学、崇尚文化并愿意继承文化遗产的人，鄙人决定校注《许植椿诗选》。自 2018

年6月20日始，将《许植椿诗选》抄本进行抄录编排并注释，至10月30日止，历经四个多月孤灯冷凳，终于完成校注整理。此后三年，在专家和朋友们的帮助下，继续完善许植椿诗词作品的校注工作。与此同时，许植椿的后人许宏勋一直在苦苦追寻举人的相关史料，且有幸得到收藏在美国哥伦比亚大学图书馆的由李鸿章作序并出资出版的《道光甲辰直省同年录》复印件，从中获得许植椿乡试中举诸多信息以及举人宗室简历、出生年月、属地籍贯等众多情况，丰富了许植椿传略。

本次出版的《许植椿诗词校注》是目前许植椿诗词作品最全的“足本”。特别感谢《许植椿诗选》抄本珍藏者倪华杰先生。诚挚感谢资深校对专家并同时兼任《咬文嚼字》等十余家刊物审校的王中原老师，他对疑难字句亲自过目，逐一把关，为提升本书的校对质量作出了重要贡献。衷心感谢著名作家隋志超先生和诗词楹联家孙超先生作序，感谢摄影家李秉义先生为许植椿故居摄影。由衷感谢诗人许植椿后人许宏夫、许宏勋等在《许植椿诗词校注》整理和出版工作中作出的不懈努力。感谢辽宁人民出版社领导和编辑的辛勤劳动。

注释勘校诗词非我所长，一定会有这样那样的疏失和错误，敬请方家教正。

二〇二一年十一月五日于豆棚居